Neustadt Geflüster

präsentiert

Anton Launer

Anton und der Pistolenmann

Neustadt-Geflüster:
40 Geschichten aus 25 Jahren
plus Neustadt-Weihnachts-Extra

Bildnachweis
Seiten 8 / 9: Lars P. Krause, Neustadtplan, mit genügend Raum zum Selbstausfüllen wie Widmungen, Notizen u.v.m.
Seite 35: Oliver Killig, Bischofsweg
Seite 39: Jan Frintert, Hohnsteiner Straße
Seite 53: Joachim Schuster, Alaunstraße
Seite 63: Jan Frintert, Alaunstraße
Seite 73: Jan Frintert, Böhmische Straße
Seite 77: Thomas Schreiter, Großstadtträume
Seite 81: Archiv Jan Frintert, privat im Nirgendwo
Seite 83: Jan Frintert, Louisenstraße
Seite 87: Jan Frintert, Albertpassage
Seite 93: Jan Frintert, Königsbrücker Straße
Seite 97: Günter Starke, Kohlen kippen
Seite 105: Jan Frintert, Turm der Martin-Luther-Kirche
Seite 125: Jan Frintert, Görlitzer Straße
Seite 129: Jan Frintert, Louisenstraße
Rücktitel: Youssef Safwan

1. Auflage im Eigenverlag, Dresden 2016

Gestaltung und Satz: griot communications in der Garamond Premier Pro
Buchtitel: Ausschnitt aus einem Gemälde von Christopher Haley Simpson, „Spaziergänge durch die Dresdner Neustadt“, www.atelier-simpson.de
Lektorat: wortform Dresden, Andre Glöckner
Druck und Bindung: PBtisk a.s., Příbram, CZ
ISBN: 978-3-00-054035-6

Inhalt

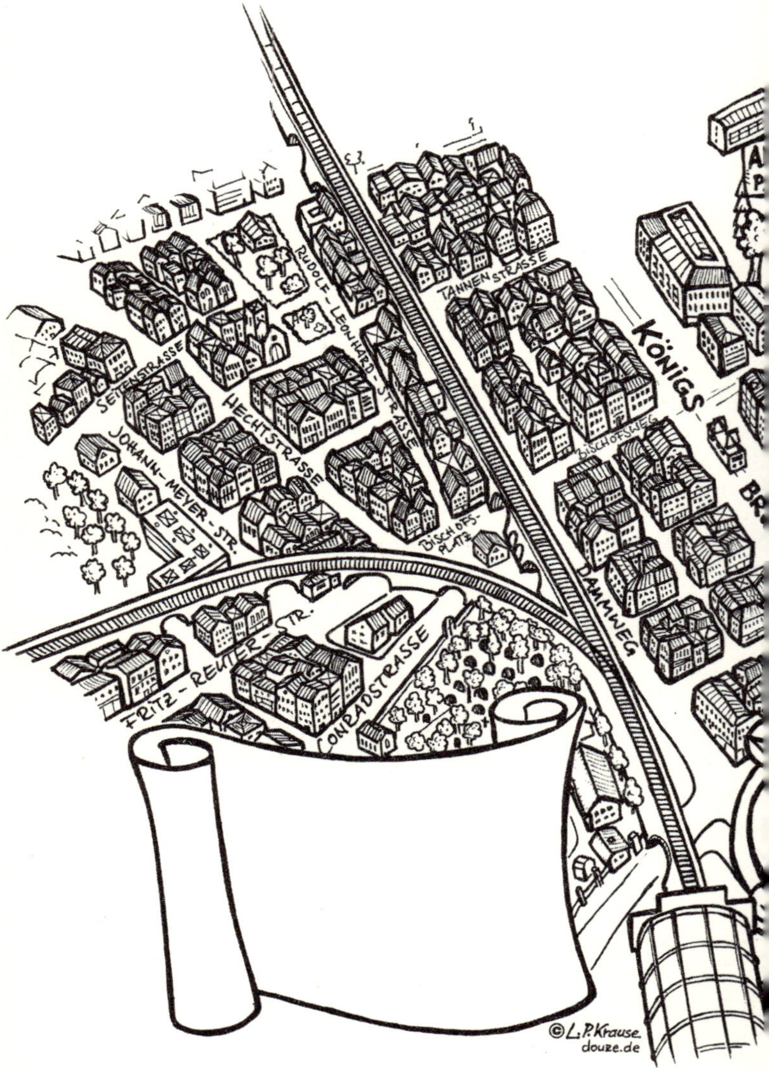
TANNENSTRASSE
RUDOLF-LEONHARD-STRASSE
KÖNIGS-
BISCHOFSWEG
SEITENSTRASSE
HECHTSTRASSE
JOHANN-MEYER-STR.
BISCHOFS-PLATZ
DAMMWEG
FRITZ-REUTER-STR.
CONRADSTRASSE
© L.P. Krause
douze.de

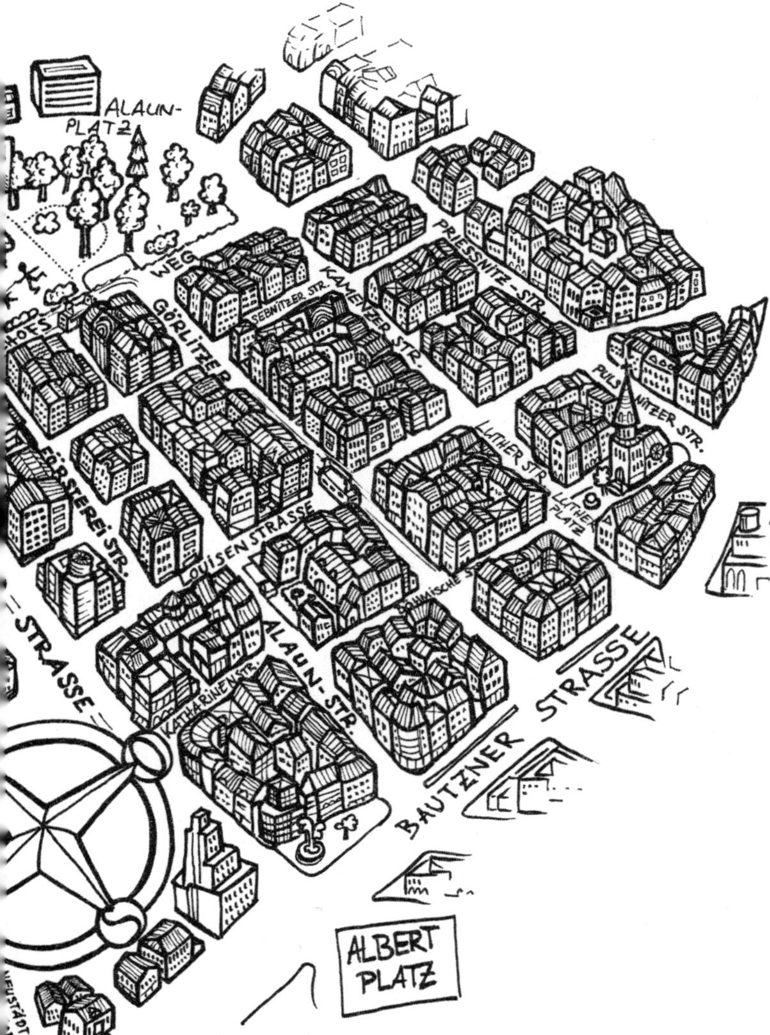

ALAUN-PLATZ
WEG
GÖRLITZER
SEBNITZER STR.
KAMENZER STR.
PRIESSNITZ-STR.
PULSNITZER STR.
LUTHER STR.
LUTHER PLATZ
LOUISENSTRASSE
FÖRSTEREI STR.
STRASSE
ALAUN-STR.
KATHARINENSTR.
BAUTZNER STRASSE
ALBERT PLATZ

Von einem, der herzog …

von Ecki

Im Juni 2010 zog Anton aus der Neustadt fort, der Liebe zu einer Frau wegen. Im Juli 2010 bin ich in die Neustadt gekommen. Inwieweit beide Ereignisse in Zusammenhang stehen, überlassen wir der Fantasie der geneigten Leser.

Gut, ich gebe es zu: Ich bin weder hier in der Neustadt geboren noch groß geworden. Aber was blieb uns zu DDR-Zeiten Heranwachsenden von der anderen Elbseite (manche nennen es „die böse Seite“) anderes übrig, als gelegentlich in der Neustadt um Asyl zu bitten, wenn uns wieder ein gelangweilter Kellner in der „Keule“ hinter lauter leeren Tischen mit „Reserviert“-Schildern schnöde arrogant übersah? Die Winzerstube war meist ohnehin überfüllt und wurde, da waren wir uns ganz sicher, mindestens abgehört. Also zogen wir ins „Hufeisen“. Dort wurde garantiert ein Bier durch die Massen gereicht. Den Tresen fand man ohnehin nicht im Karo-Dunst. Und zu nächtlicher Stunde gab es noch den netten Nachtportier in der „Rendsburg“, bei dem man auch früh halb zwei noch eine Flasche „Bärenblut“ bekam. Name der Flasche und Geschmack des Inhalts waren nahezu identisch.

Seit sechs Jahren beobachte ich nun die Neustadt und die Neustädter oft von oben. Nicht von oben herab, sondern wohlwollend vom höchsten Gebäude, das unser Viertel zu bieten hat. Derzeit geht das sogar von 81 Metern Höhe. Manchmal nicht ganz freiwillig, wenn ich nachts mit der Polizei aufs Gerüst steigen muss, um nächtliche Kletterer herunter zu holen, die sich ganz oben den Sternenhimmel in einer Hängematte schaukelnd betrachten wollten. Als ich dann todmüde zurück unter die Bettdecke kroch, lächelte meine Frau mich tröstend an und sagte zärtlich: „Hätten wir das nicht früher auch versucht?“

Vielleicht hat sich weniger die Neustadt verändert als wir selbst es haben.

Eckehard Möller ist Pfarrer der Martin-Luther-Kirche in der Neustadt.

Hektische Passagiere und lässige Polizisten

November 1999

Es ist Samstag und Nacht und verdammt kalt. Eigentlich will ich nur schnell ein paar Videos aus dem Oscar, der Filmkneipe, holen. Ein kleiner Snack wäre zwar auch nicht ganz schlecht, also auf zum Kiosk auf der Rothenburger Straße.

Da leuchtet es blau und blitzend, ein Streifenwagen. Die Straßenbahn steht still, laut schimpfen Passanten, am Straßenrand stehend. Empörung dringt an mein Ohr: „Sauerei ist das“ und „sieht der Idiot nicht, hier sind Schienen“. Ein ziemlich beleibter Herr fuchtelt mit den Armen: „Ich will jetzt weiter, haut diese Karre doch endlich um!“ Zornesröte steigt ihm ins Gesicht.

Ursache des Auflaufs: ein roter Golf. Die Polizisten haben den Abschleppdienst gerufen und versuchen, die Fahrgäste zu beruhigen. Was nur mäßig gelingt. Der beleibte Herr tigert weiter auf und ab. Vielleicht auch wegen der Kälte. Neugierig frage ich einen der Uniformierten: „Wohin wird der Wagen geschleppt?" Der junge Wachtmeister erklärt lässig: „Ach, den stellen wir in einer Nebenstraße ab." Der Herr mit den fuchtelnden Armen hört das und ruft empört: „Auf den Schrottplatz gehört der, ab in die Presse."

Ein Jugendlicher, ebenfalls Bahn-Passagier, gesellt sich zu unserer Wartegemeinschaft. Er schlägt vor, das Auto einfach beiseite zu heben. Der lässige Wachtmeister wird noch ein bisschen lässiger und winkt ab. Jetzt sei schon alles in die Wege geleitet. Ordnung muss sein. Das glaube ich auch, zumal mir die nächtliche Straßenblockade ziemlich egal ist. Bin ich doch zu Fuß unterwegs. Ich inspiziere noch des Golfes Nummerntafel. Bestimmt einer aus dem Umland, die parken immer so verrückt.

Irrtum, feinstes Dresdner Kennzeichen, und der Fahrer kennt sich nicht aus? Das Auto hängt mit dem hinteren Reifen mitten in der Schiene, ein zweiter Streifenwagen steht davor, als ob die Beamten eine plötzliche Golf-Flucht befürchten. Die Straße ist dicht, die Passagiere schimpfen, und der durch die Neustadt kreisende Kneipen-Such-Verkehr dreht weitere Extrarunden. Mir wird es zu kalt, die Minusgrade siegen über die Neugier, die spektakuläre Abschlepp-Aktion findet ohne mich statt.

Videos leiht heutzutage keiner mehr aus, das „Oscar" hat seit knapp zehn Jahren geschlossen.

Würzige Bohnen und Öl in der Maschine

Dezember 1999

Mit leisem, aber kräftigem Schlag befördert der Barkeeper das verbrauchte Kaffeepulver in den Abfall. Dann hält er das Sieb in die Mühle und zieht einen Hebel. Eine genau abgemessene Portion braunen Pulvers fällt in den Filter, den er in die Maschine klemmt. Wenige Sekunden später steht eine kleine weiße Tasse mit heißem Espresso würzig-herb dampfend vor mir. Ich lasse noch mal den Löffel in der kleinen Tasse kreisen, sämtliche Zuckerstückchen haben sich aufgelöst. Leise schlürfe ich das fast kochendheiße Getränk, Koffein strömt durch meine Blutbahnen und regt den müden Geist an.

Fast in allen Neustädter Kneipen wird Espresso serviert. Und fast überall schmeckt er anders. Alfredo, ein waschechter Italiener aus der Gegend um Genua, ist Espresso-Kenner. Er lobt vor allem den im Rosso und im Mio. Beides sind kleine Kneipen, an der Louisenstraße gelegen.

Für den rabenschwarzen, heißen Trank mit der goldbraunen Creme obendrauf braucht man die richtigen Zutaten und die richtigen Tricks. Die Kaffeebohnen müssen echte schwarz- und durchgeröstete Arabica sein, die Maschine sollte ordentlichen Wasserdruck haben, und die Tassen müssen vorgewärmt sein. Nur dann wird der Espresso richtig edel. Auch für die cremige Schicht kennt Alfredo einen Trick aus seiner Heimat. „Gib einfach einen Schuss Rhizinusöl in die Kaffeemühle, dann hast du die schönste Crema." Doch Vorsicht, ein kleiner Schuss zu viel und die Gäste kommen nie wieder.

Das Rosso, wie das Café „Herr Rosso und sein Hund" meist zärtlich genannt wird, hält die Tradition mit den kleinen Kaffee-Schlückchen hoch. Bereits der erste Besitzer, Steffen, konnte stundenlang über die Zubereitung des edlen Mokkas philosophieren. Und auch heute noch gibt es natürlich ein leckeres Mini-Gebäck und ein Glas Wasser dazu.

Den Rhizinus-Tipp habe ich nie wieder gehört. Andere Kaffeekenner lachten mich ob der Geschichte glatt lauthals aus. Die beiden empfohlenen Kneipchen gibt es schon längst nicht mehr. Den erlesensten Espresso für Kenner machen die Phoenixe von der Bautzner, den gibt's unter anderem im Oswaldz oder im émoi.

Weiße Soße auf schwarzem Asphalt

Januar 2000

Das Gebirge aus fein geschnittenem Fleisch, Salat und Zwiebeln türmt sich immer höher auf. Mein Mund auch: Flatsch! Schon ist es wieder passiert. Jedes Mal, wenn ich mich durchringe, einen Döner zu verspeisen, verteile ich fein säuberlich weiße Kleckse auf dem Asphalt – Knoblauchsoße.

Ab knallhart kalkulierten vier Mark gibt es die dreieckigen, gefüllten Fladenbrote, Serviette und fettige Hände sind gratis. Wie auch die legendäre Zubereitung. Mit einem riesigen Messer säbelt der Döner-Mann an einem ebenso riesigen Fleischspieß herum, der sich vor einem Grill dreht. Die feinen Späne fallen herunter, der Fleisch-Drechsler sammelt sie ein, tunkt sie in Knoblauch- und Chili-Soße, dekoriert das Ganze mit Salat, Zwiebel und Tomaten und stopft den Mix in angewärmtes Fladenbrot. Herstellungsdauer zwischen 30 Sekunden und fünf Minuten. Manchmal ist erst das Messer zu wetzen oder das Fleisch noch nicht richtig durch.

Die türkischen Imbiss-Stände breiten sich kontinuierlich aus in der Neustadt. Keine Woche ohne Neueröffnung. Selbst der Szene-Frisör auf der Louisenstraße musste dem trendigen Fast-Food weichen. Essen ist eben wichtiger. Einige Lokale bieten gar keine Speisen mehr an. So ist im Blue Note auf die Frage nach der Speisekarte deutlich zu hören: „Futter gibt's im Istanbul." Der Laden zwischen Pinta und Continental ist inzwischen schon fast legendär. Mit Einbruch der Dunkelheit stehen permanent Autos warnblinkend in der zweiten Reihe davor. Döner als Verkehrsblockade.

Ich verteile weitere weiße Flecken, schon hab ich erste Fleischstückchen verloren. Was zur Folge hat, dass mich ein Paar Hundeaugen treudoof anblinzeln: „Ich will mehr, schon seit Wochen bekam ich nichts mehr zu essen." Hundeaugen, sie lügen fast immer. Glücklich habe ich meine Portion in mich hineingestopft und versuche nun, Gesicht und Hände zu reinigen. Aber ach, die schöne Serviette ist auch total voll, überall nur weiße Soße. Der Döner-Mann grinst, sieht meine Hilflosigkeit und reicht mir noch eine Serviette. Ich beseitige das Malheur und sehne mich auf einmal heftig nach einem kleinen Kneipchen mit WC.

Ein paar Groschen und geschnorrte Anleihen

März 2000

Eine zerzauste Gestalt wankt auf mich zu. Auf dem Rücken eine uralte Gitarre, über den Schultern eine abgewetzte Decke, die wohl in besseren Zeiten mal ein Parka war. „Haste mal 'n paar Groschen", brabbelt er zwar nicht direkt zu mir, doch schon irgendwie in meine Richtung. Ich gebe mir die größte Mühe, das Wesen zu ignorieren und steuere zielstrebig in die Scheune.

Das Gesicht kenne ich, der lungert hier fast jeden Tag rum, erbettelt sich so seinen Lebensunterhalt. Manchmal taucht er auch in irgendwelchen Kneipen auf und quatscht die Leute an den Tischen an. Aber immer so scheu und indirekt, dass ich an seinem Erfolg zweifle. Doch manchmal sieht man ihn auch in einer Döner-Bude, zahlend. Irgendwie klappt es wohl doch.

Andere sind da viel aggressiver und auch geschickter. Quatscht mich vorm Istanbul auf der Louisenstraße mal ein ziemlich wüster Punk an. „Eh, haste mal 'ne Lulle?" Ich gebe ihm eine Zigarette, er will noch einen Schluck Bier und verwickelt mich in Diskussionen. Dass zwar zum einen früher alles besser war, aber er trotzdem ständig von der Stasi verfolgt wurde, nur wegen seiner roten Haare. Die Äußerungen sind so wirr wie seine Haartracht, von Rot nicht ein Hauch. Ich will den Mann loswerden und drücke ihm die Bierdose in die Hand. Eine handfeste Umarmung bekomme ich zum Dank. Dabei läuft die Dose auch noch aus. Grund genug, solchen Gestalten künftig aus dem Wege zu gehen.

Aber man trifft sie täglich vor dem Konsum auf der Alaunstraße, dort hat man jetzt extra den Wachschutz verstärkt. Auch das vertreibt die schnorrenden Typen wohl nie, aber ich bin ja nun gegen ihre Attacken gefeit. Dachte ich, bis vor kurzem. Erst der Standard-Spruch, der mit den Groschen; als das nichts fruchtet, ruft mir das von zwei Hunden umgebene Wesen nach: „Ich nehm auch Aktien, Rentenpapiere und Optionsscheine." So viel Kreativität hätte ich einem Punk nun wirklich nicht zugetraut.

Schmale Pfade am klaren Bach

Mai 2000

Das Brett knarrt, ich bleib mal besser stehen. Jetzt nur kein falscher Schritt! Bei der kleinsten Unachtsamkeit stürzt diese Attrappe einer Brücke in sich zusammen. Unter mir der reißende Strom. Noch ein Schritt, und das Ufer ist erreicht. Mit festem Boden unter den Füßen sieht alles ganz anders aus. Der reißende Strom von eben ist nur noch ein Bach, der friedlich vor sich hin murmelt – die Prießnitz. Und das Brett, da sind auch schon andere drüber. Das hält noch ein paar Jahre, ganz sicher.

Ich lass mich auf ein kleines Abenteuer ein und erkunde die Natur. Im Hof vom Stadtteilhaus (Prießnitz-/Ecke Louisenstraße) wird zurzeit eine Treppe hinunter zum Flüsschen gebaut. Von dort soll einmal ein Fußweg talaufwärts führen.

Noch gibt es also keinen Weg. Nur eine Art Pfad, begehbar unter großer Gefahr für Hose und Jacke. Stachlige Disteln und beißende Brennnesseln hindern am Weiterkommen. Und der glitschige Boden versucht ständig, die Füße gen Prießnitz zu drängen. Und doch, es geht immer weiter. Ich bin nicht der Erste auf dem Weg, auch wenn manche in der Neustadt durchaus besser besucht sind. Fast still ist es hier, nur aus der Ferne ist das Toben der Kinder und Hundegebell zu hören.

Auf halber Strecke fordern Maschendrahtzaun und erwähntes Brett unmissverständlich zum Seitenwechsel auf. Das Kindergeschrei wird lauter. Hier muss irgendwo ein Spielplatz sein. Der Pfad wird deutlicher, ausgetretener und endet abrupt vor einem Zaun. Dahinter eine Schule, daher der Kinderlärm. Ein Klimmzug und Seitenwechsel im kräftigem Schwung. Mit einem unschuldigen Lächeln schlendere ich durchs offene Tor. Ich bin auf der Hohnsteiner Straße angelangt und kann jetzt sicheren Fußes in die Neustadt zurück. Denn hier spannt sich eine richtige Brücke mit ordentlichem Geländer über den kleinen Fluss.

Aus dem Weg entlang der Prießnitz ist nichts geworden, dafür sind die Grundstücke jetzt, 16 Jahre später, teilweise bis zum Bach eingezäunt.

Erregte Bürger und lauter Streit

Juni 2000

Der große Saal im Gemeindezentrum Emmaus an der Katharinenstraße ist voll, alle Plätze belegt, an den Türen herrscht Gedränge. Vorn ein Podium, mit Ordnungsbürgermeister und dem Leiter vom Ordnungsamt.

Damit ist das Thema klar: Es geht um Ordnung, und zwar auf der Alaunstraße. Der Mann von der Stadtverwaltung, korrekt und sauber gekleidet, berichtet von Erfolgen. Schlagworte: Beutelspender, Reinigungszyklen. Erstere wurden aufgestellt, um dem Hundekot Herr zu werden, letztere erhöht (mäßiger Applaus). Ja, das Problem mit den Punkern auf der Alaunstraße sei bekannt. Es gelte, Lösungen zu finden (starker Applaus).

Ein junger Mann, buntes Haar, schmuddelig, ergreift das Wort. Er bekomme nichts vom Staat und lebe deshalb auf der Straße. Auch würde er niemanden stören (zustimmende Pfiffe). Darauf ein älterer Mann im gestreiften Hemd und Notizzettel in der Hand: Die Punker seien eine Zumutung (Applaus), die Hunde gefährlich (starker Applaus) und der Dreck unerträglich. (Zwischenruf: „Dann zieh doch weg, du Spießer.")

Die Stimmung heizt sich auf. Anwohner und Ladenbesitzer auf der einen Seite, die Punks und Straßenkinder auf der anderen. Der Geschäftsführer vom Supermarkt zeigt auf einen aus der Schmuddel-Fraktion: „Und du hast an das Tor uriniert." Der rastet aus, droht mit Schlägen, nur mit Mühe lässt er davon ab. Die Versammlung wird abgebrochen, ein großer Teil der ordentlichen Fraktion verlässt den Raum.

Alles umsonst? Können die Menschen in der Neustadt nicht mehr aufeinander zugehen? Eine beherzte Frau mittleren Alters reißt das Wort an sich, sie komme mit einigen der Punker ganz gut zurecht, nicht alle seien so. „Ihr müsst uns aber auch verstehen!", ermahnt sie mütterlich. Wieder einer aus der anderen Fraktion: „Ist ja klar, bloß irgendwo müssen wir ja bleiben!" (keine Beifallsbekundungen mehr). Dann kommt die Idee: Es solle sich eine kleine Gruppe finden, um mit Vertretern aller Fraktionen nach Lösungen zu suchen.

Wenn du nicht mehr weiter weißt, gründe einen Arbeitskreis.

Derlei Arbeitsgruppen gibt es immer noch: die AG „Ordnung und Sauberkeit" kämpft für ein Szeneviertel ohne Dreckecken.

Schickes Design und bequeme Stühle

Juli 2000

„Zwei Bier bitte!" Die Bestellung auf den Lippen, lässt sich der schon etwas beleibte Mann auf einen Stuhl fallen. Der hat mit einer solchen Attacke nicht gerechnet und bricht unter der Last der Jahre und des Mannes zusammen. Klassische Gasthaus-Szene – liegt zwar schon ein paar Jahre zurück, wird aber von Neustädter Kellnern gern wieder erzählt. Kneipen mit altem, wackligem und gebrechlichem Mobiliar sind inzwischen rar in Dresdens Szene-Viertel. Eine der besten Adressen in dieser Hinsicht ist das Hebeda's an der Rothenburger Straße.

In den meisten Cafés und Bars haben die Kneiper schicke Stühle und Sessel hingestellt. Schick ist „in". Und „in" bedeutet, das Haus wird sich füllen, und die Kasse klingelt. Nur, schicke Sitzmöbel sind unbequem. Das ist wie ein Naturgesetz. Ausnahmen bestätigen bekanntlich die Regel, und zwar im Keller vom „Déjà-vu". Die plüschigen Sessel sind so gemütlich, dass man es stundenlang bei lauwarmem Gin-Tonic aushält. Mit ihrem lasziven Rot verleihen die Polstermonster dem Raum einen Hauch Verruchtes, der leider beim Blick zur Bar erstirbt. Doch dafür können die Sessel nichts.

Doch die richtig schicken Stühle (der Szene-Gänger würde jetzt „trendy" sagen) sind und bleiben unbequem. Solche Stücke stehen zum Beispiel im „Raskolnikoff". Jeder ist anders, und wahrscheinlich fühlt sich jeder auch hübscher als sein Nachbar. Formen und Maße erinnern meist nur mit Phantasie an Sitzgelegenheiten. Trotz der stuhlbedingten Unbequemlichkeit ist in dieser Bar die Verweildauer der Gäste hoch. Vielleicht weil sie immer erst das Stuhl-Sortiment studieren müssen.

Einen ganz eigenen Charme strahlen die Stühle im „Blue Note" aus. Nämlich gar keinen, sie sind einfach hässlich. Punkt. Einen mildernden Nachtrag gibt's schon. Denn die Dinger sind extrem bequem. Spielt hier dann und wann eine Kapelle, leisten die Stühle Schwerstarbeit. Ohne zu murren, ertragen sie schaukelnde Hintern. Nichts da mit: „Der ist mir zu schwer, da breche ich zusammen."

Das „Déjà-vu" hatte keine Zukunft, jetzt reicht dort ein Inder griechisches Essen. Im Raskolnikoff stehen bequeme Stühle. Statt „trendy" sagt man jetzt „hip". Nur ein „Hipster" will niemand sein.

Der Blick ins Klo oder Steigende Spiegel

Oktober 2000

Ich taste nach der Türklinke, stockdunkel hier. Eben war doch noch Licht, der Ausgang muss doch irgendwo sein. Jetzt nur nicht irgendwo reintreten, hätte ich doch vorher genauer hingesehen.

Keine Kneipentour ohne Toilettenbesuch. Und der kann in der Dresdner Neustadt manchmal ganz schön abenteuerlich sein. Den eben beschriebenen Einbruch der Dunkelheit erlebte ich im Hebeda's, wo Mann zum Klo über den Hausflur muss und der Lichtschalter bei den Damen hängt. Manch eine löscht, wohlerzogen, das Licht, wenn sie das stille Örtchen verlässt.

Anderswo sind die Toiletten zwar super schön gestylt, aber auch gefährlich. So lauerte das Damenklo im „Copas y Tapas“ mal einer Begleiterin von mir auf. Hinein kam sie rasch, doch nicht wieder heraus. Nach heftigem Ziehen und Zerren und unter Androhung roher Gewalt gab die Tür schließlich nach und ging auf.

Noch fieser ist das Pinkelbecken in der Studiobar. Wer hübsch brav auf den Spülknopf drückt, bekommt eine Hosenspülung. Das macht sicher Eindruck bei den Damen. Manch Kneipe drückt sich um das Toilettenproblem. In „Neumanns Eisgrotte" gibt es einfach keine. Das war schon immer so und dürfte sich nur eventuell ändern, wird demnächst mal renoviert oder saniert. Ein Erlebnis im positiven Sinne bot eine zeitlang das Örtchen im „Blumenau". Für jene, die etwas länger drücken (müssen), gab es Hörspiele auf die Ohren. Mit Unterbrechung durch Strullen und Spülen.

Keinem wünsche ich das Erlebnis einer verstopften Toilette. Neulich erst in...

Nein, das wäre fies, denn die Jungs haben sich sofort gekümmert und es ist alles wieder in Ordnung.

Zurück zum Hebeda's. Nach einer Weile haben sich die Augen an die Umgebung gewöhnt. Konturen werden erkennbar, kleine Lichtstrahlen, die durch die Ritzen dringen. Da ist die Klinke. Auf – geschafft, ich bin in Sicherheit, lasse das Klo hinter mir. Ein prüfender Blick, alles sauber, ich kann in die Kneipe zurück.

Das „Copas y Tapas" und „Neumanns Eisgrotte" gibt es nicht mehr, und im „Hebeda's" wurde der Klolicht-Schalter verlegt. Witzige Geräusche gibt es im „Lebowski" mit Helge Schneider in Dauerschleife.

Inter-Nudeln und ein Damenrad

November 2000

Applaus. Die Gäste im Blue Note sind begeistert. Die letzten Akkorde einer russischen Ballade sind verklungen, die Herren Musiker deuten eine Verneigung an. Mischa stellt das Saxophon zur Seite. Viktor streift das Akkordeon von der Schulter und Juri, der Graubart, legt die Sticks sorgfältig aufs Schlagzeug, greift zum Tee und nippt genüsslich daran. Mirko, der Barkeeper, geht herum und sammelt den Obolus ein.

Das Juri-Reiter-Trio spielt für den Hut. So nennt man es, wenn die Gäste ihr Kleingeld opfern. Das Trio ist inzwischen zu einer festen musikalischen Größe in der Neustadt geworden. Manch einer behauptet schon, die drei spielten zu oft, doch wer hört schon auf böse Zungen.

Juri-Reiter-Trio – der Name ist einfach erklärt. Band-Gründer ist Juri. Und der kocht im Reiter, dem gemütlichen Kneipchen auf der Görlitzer Straße. Juris Kochkunst ist berühmt, auch über die Grenzen der Äußeren Neustadt hinaus. Vor allem sein Borschtsch ist sehr lecker. Legendär sind seine Inter-Nudeln, die es früher mal gab. Früher, da war der Reiter noch an der Ecke Sebnitzer und Kamenzer Straße.

Jene Nudeln waren nun nicht die Vorreiter einer neuen Internationalität. Nein, ihr Ruhm kam auf viel banalere Art zustande: Juri kauft mit Vorliebe beim Bahnhof im Billig-Markt, und die dortigen Nudeln zeichneten sich durch zwei Dinge aus. Da war einerseits der sensationell niedrige Preis und andererseits der außergewöhnliche Name: Inter.

Dem aufmerksamen Beobachter wird Juri auffallen, wenn er auf seinem klapprigen Damenrad, zwei schwere Beutel am Lenker, über das Neustädter Pflaster hoppelt. Dann weiß man wieder: Eine Einkaufstour ist beendet, und der Meister waltet in Kürze an seinem Herd. Doch in letzter Zeit häufen sich die Beschwerden, Juri vernachlässige seine kulinarischen Dienste und fröne nur noch der Musik.

Indes beginnen die drei Musiker wieder zu spielen. Verliebt greift Viktor in die Tasten, eine melancholische Melodie weckt Sehnsucht und Fernweh. Juri streicht sich den Bart glatt, dann leitet er mit einem leisen Trommelwirbel einen neuen Rhythmus ein. Schließlich greift auch Mischa wieder ein ins Geschehen. Selbstbewusst stemmt er die Hüfte nach vorn und bläst in sein Saxophon.

Vom Blasen keine Ahnung haben

Mai 2001

Jetzt nur nicht kichern. Sonst nehmen die mich noch mit auf die Wache. Die Situation ist grotesk. Zu Fuß wären es Minuten bis nach Hause gewesen. Im Jazzcafé hatten wir gesessen und ein paar Bierchen getrunken, wobei in meinem Falle das Paar zwei Kleine waren; also keine Gefahr am Puste-Röhrchen. Der allseits bekannten Parkplatznot in der Neustadt geschuldet, hatte ich mein Auto rechtswidrig abgestellt. Daher musste es weg. Den Einbahnstraßen folgend, mach ich mich auf den Heimweg. Dreimal umkreise ich den Block und gebe die Parkplatzsuche fast auf, als ich eine Lücke erspähe. Fix den Blinker gesetzt, abgebogen und eingeparkt.

Jetzt hab ich den Salat. Zwei nette Polizisten stehen neben meinem Wagen, und ich muss ständig kichern. Ich weiß genau, was sie wollen, bei meinem Lückensprung bog ich regelwidrig ab. Für die Beamten Grund genug, das Blaulicht anzuschalten und mir ein Gespräch aufzunötigen. Bitte jetzt nicht: „Na, was haben wir denn falsch gemacht?" Da lache ich mich tot. Die Frage bleibt aus. Der wie ein Wachtmeister aussieht, wer kennt sich schon aus mit den Dienstgraden, besichtigt meine Papiere und erklärt mir, was ich schon weiß. Falsch abgebogen: 20 Mark. Außerdem möchte er mein Warndreieck und, ich muss schon wieder kichern, den Sani-Kasten sehen. Mein Kichern fällt inzwischen auf.

„Haben Sie Alkohol getrunken?" Ich lüge tapfer: „Jawohl, ein Bier." Obwohl, zwei Kleine sind doch auch ein Großes. Beim Pusten habe ich meine liebe Not. Nach einer Ewigkeit erlöst mich das dafür vorgesehene Lämpchen, und der Wachtmeister nimmt das Gerät an sich. „Ein Bier kommt hin – 0,08 Promille". Hm, bis 0,5 sind erlaubt. „Heißt das jetzt, dass ich eigentlich fünf Bier trinken könnte?" Ich stelle mir gerade vor, wie ich sternhagelvoll in das Röhrchen pusten muss und das Gerät nur 0,4 anzeigt. Und kichere wieder. Der Wachtmeister bleibt ernst. Mit Dienstmine klärt er mich auf, es hänge von Tagesform und Essen ab. Sicher könne ich mir nie sein, es sei denn, ich würde gar nichts trinken. Das sei immer das Beste. Bevor ich lauthals losprusten muss, kassiere ich lieber meine Verwarnung und gehe.

Das Jazzcafé wurde zur Partykneipe Twins, später zur Schischa-Bar Habibi.

Vom Ende einer Republik

Juni 2001

Heiß schlagen mir die Flammen ins Gesicht, versengen ein paar Haare. Der Gestank von brennender Plaste steigt mir in die Nase. Hektisch reiße ich die Holzpalette von den Mülltonnen, ein paar Nachbarn fassen Mut und eilen mit Wassereimern herbei. In wenigen Sekunden ist das Feuer erstickt.

Diese Idioten, die machen unser Fest kaputt. Ich bin stocksauer und würde mir am liebsten den einen oder anderen der Radaubrüder mal richtig zur Brust nehmen. Doch Sekunden später muss ich die Beine in die Hand nehmen, um nicht von der anrückenden Polizei überrannt zu werden. Denen fällt es offensichtlich schwer, zwischen Gut und Böse zu unterscheiden. Wie sollen sie auch, die Neustadt wimmelt noch von Menschen. Die Bunte Republik Neustadt ist am Ausklingen.

Tausende tummeln sich auf den Straßen, tanzen zur Musik, drängen sich an Döner- und Bratwurstständen.

Sicherlich, diese BRN hatte so ihre Macken, oftmals war die Musik einfach viel zu laut, in der Louisenstraße kämpften verschieden Stilrichtungen gegeneinander. Auch der Dreck war in diesem Jahr immens. Plastikbecher und zerschlagene Flaschen bestimmten das Bild. Doch die Gesichter sind fröhlich und müde. Klare Zeichen für durchfeierte Nächte. Die Neustadt zeigte sich bunt: bemalte Kindergesichter, flatternde Tücher, wilde Haare, eskortierte Oberbürgermeisterkandidaten. Kurzum, ein gelungenes Stadtteilfest.

Und nun das: Auf der einen Seite ein paar jugendliche Randalierer, die jederzeit in der bunten Menge untertauchen können, auf der anderen Seite ein Heer von Polizisten. Und dazwischen couragierte Anwohner. Einige löschen mit Eimern in der Hand, andere räumen Trümmer beiseite. Drei junge Männer beobachte ich, wie sie herausgebrochene Pflastersteine zusammentragen und sich davor positionieren, unmissverständlich: Keine Gewalt!

Auch die Organisatoren vom BRN e. V. stürzen sich wagemutig ins Geschehen, versuchen mit den Krawallos zu reden, doch mit vernünftigen Argumenten kommt man hier nicht weit. Auch auf der anderen Seite eskaliert die Gewalt. Polizisten schlagen brutal zu und treffen dabei nicht nur Randalierer. Überhaupt wirkt die gesamte Strategie am Sonntagabend sehr konfus.

Erst treibt die Polizei die Steinewerfer ins Zentrum des Festes, um sie dann wieder mit viel Mühe hinauszudrängen.

Soll es jemals wieder eine Bunte Republik geben, muss sich eine ganze Menge ändern, ich erinnere an das Motto der ersten: „Der Bürger der Bunten Republik Neustadt verpflichtet sich, hier und im Umkreis von 40 000 Kilometern keine Gewalt auszuüben."

Der BRN e.V. hat nie wieder das Straßenfest veranstaltet. In den folgenden Jahren gab es immer wieder Randale. Seit etwa zehn Jahren sind die Feierlichkeiten aber friedlich.

POLIZEI

Wie der Hund, so das Herrchen

April 2002

Er ist klein, knuffig, weiß mit schwarzen winzigen Flecken, und seine vier Beine reichen trotz ihrer Kürze genau bis zum Boden. Das Gesicht ist ein einziger Haufen aus Falten, wirkt aber dennoch sehr jugendlich und frisch. Ich bin gerade zum Bahnhof Neustadt unterwegs, um ein paar Sonntagsbrötchen zu erstehen. Der kleine Hund ist an einem Geländer angeleint und wartet brav. Ich nehme mir ein bisschen Zeit und lauere auf sein Herrchen, um die im Titel beschriebene Phrase bestätigen zu können.

Wenig später kommt er, ungefähr 25 Jahre alt, trägt zwei Baguette unterm Arm. Blondes, mittellanges Haar, blaue Jeans und einen hellen Sweater von H & M, leger über die Schultern geworfen. Er leint das Hundchen ab: „Komm, Mops", und gemeinsam dackeln sie zu einem metallicblauen Golf III. Der Leser mag selbst entscheiden, ob hier ein Fall von beiderseitiger Anpassungsfähigkeit vorliegt.

Einige Stunden später auf der Alaunstraße, ein struppiges, grau-braunes Etwas rempelt mich an und huscht vorbei. Sieht aus wie eine Mischung aus Schäferhund und Spitz, aber wahrscheinlich fließt durch seine Adern Blut noch ganz anderer Rassen. Der Kläffer reicht mir ungefähr bis zu den Knien, und statt eines Halsbandes trägt er ein rotes Tuch. „Streuner, komm her!", fast überschlägt sich die Stimme. Kommt mir bekannt vor, den Ruf hör ich fast jedes Mal, schlendere ich hier entlang. Neugierig drehe ich mich um. Der Mund eines Mädchens formt die Worte, während sie da sitzt vor dem Konsum. Lass sie 20 sein oder jünger. Ruft sie nicht nach Streuner, bettelt sie Passanten um Kleingeld an. Die Haare ziemlich zerzaust, das einzig Akkurate an ihr ist ein drei Zentimeter breit abrasierter Streifen überm linken Ohr.

Am Abend streune ich noch einmal durchs Viertel, kommt mir ein älterer Herr entgegen, so um die 60, in einer Pilotenjacke mit Emblem der US-Airforce und in dunklen Jeans. Ungeachtet der abendlichen Dunkelheit trägt er eine dicke Sonnenbrille auf der Nase. Sein Schritt ist stramm. Rechterhand stolziert ein Boxer, rassenrein. Frisch gebürstet glänzt das Fell im Abendlicht. Die Leine ist schätzungsweise an die zwei Meter lang, doch dessen ungeachtet weicht der Rüde nicht von

Herrchens Seite, sitzt brav an jeder Kreuzung. Ein kurzes „Los!“, und er trabt weiter.

Doch keine Serie ohne Ausnahme, ein paar Tage später treffe ich vor dem Blumenau auf einen durchtrainierten jungen Mann, Marke Türsteher. Neben ihm ein winzig kleines, wuschelig weißes Wollknäuel. Auch ein Hund.

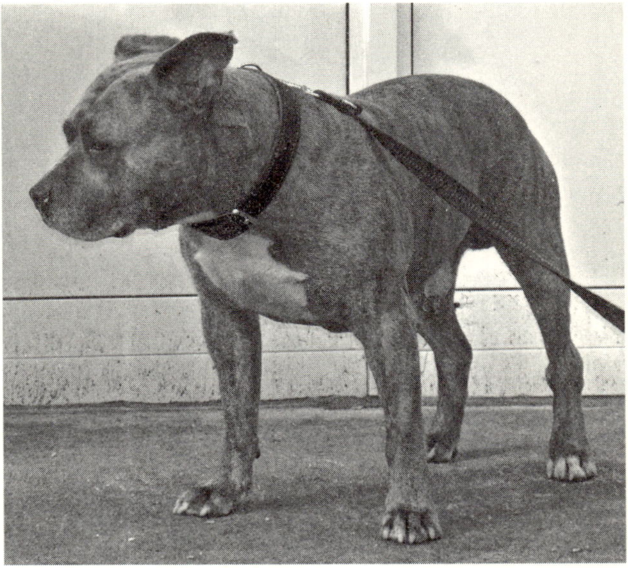

Die Kunst des verspäteten Einkaufs

Mai 2003

Das gemütliche Klappern des Kochtopfdeckels zeigt mir an, die Kartoffeln kochen. Der Tiefkühlspinat taut allmählich auf, Zeit, die Eier zu verrühren.

Die Eier?

Glücklicherweise ist gerade niemand in der Küche, so verhallt mein Entsetzensschrei ungehört. Gedanken beginnen zu kreisen, hektisch durch meinen Kopf. Die Kartoffeln brauchen noch 20 Minuten, stelle ich den Spinat auf kleine Flamme, brennt er nicht an. Ein Blick auf die Uhr, wenige Sekunden vor acht. Gleich beginnt die Tagesschau, der Fernseher läuft schon, den anschließenden Spielfilm malte ich mir als optische Dreingabe aus zum leckeren Gericht.

Und nun?

Die Supermärkte haben schon zu, bis zum Lidl am Neustädter Bahnhof ist es zu weit. Als der Tagesschau-Jingle erklingt, bin ich bereits im Flur. In Eile haste ich die Treppen hinunter. Glücklicherweise ist fast überall in der äußeren Neustadt ein Spätshop in wenigen Gehminuten erreicht. Einige sind asiatisch angehaucht, andere eher alternativ. Was sie alle vereint, ist eine stete Traube junger Leute vor dem Ladeneingang auf der Straße. Hier lässt sich billig Bier erwerben, und prompt trinkt man's an Ort und Stelle aus.

Die bekannteren Spätshops auf der Louisen- und der Rothenburger Straße sind meist sehr voll. Keine Chance, rechtzeitig zu Filmbeginn wieder zu Hause zu sein. Doch etwas abseits, auf der Förstereistraße, ist ein kleines Lädchen. In Windeseile decke ich mich dort mit meinen Eiern ein und nehme noch Butter dazu. Die Sport-Einheit für den Kalorien-Abbau gibt's gratis auf dem Heimweg. Die Uhr zeigt zehn nach acht. Hoffentlich ist der Spinat nicht schon angebrannt.

Mit Schmackes nehme ich die letzten Stufen, kein verdächtiger Geruch. In der Küche scheppert der Topfdeckel leise vor sich hin, und der Spinat ist noch nicht einmal zur Hälfte aufgetaut. Der kriegt jetzt richtig Feuer, die Pfanne auch, und als Zugabe bekommt sie einen Klecks Butter zum Brutzeln. Das Rührei ist im Handumdrehen fertig, und nach wenigen Minuten huscht mir ein Lächeln übers Gesicht. Alles geschafft. Nur den Vorspann zum Film habe ich verpasst.

Neugierige Blicke und fiese Anmache

Juni 2003

Er fixiert mich. Was soll ich machen? Ich merke, mein Gesicht verzieht sich zu einer Grimasse, soll wohl nach einem Lächeln aussehen. Das erstirbt mir sofort. Mann wie ein Schrank wendet sich ab und pumpt seinen durchtrainierten Körper noch auf. Das zierliche Mädchen neben ihm stößt ihn in die Seite:

„Was'n los?"

Er, betont lässig, so dass ich es höre: „Ich überlege gerade, hau ich dem da 'n paar rein?"

Ich hätte es wissen müssen. Manche Leute fühlen sich schon angegriffen, starrt man sie nur einen Augenblick zu lange an. Und manche Orte ziehen solche Leute magisch an. Der Supermarkt im Neustädter Bahnhof ist ein solch magischer Ort. Dort wollte ich nur geschwind ein paar Spaghetti und frische Tomaten holen. Ich hatte mal wieder vergessen, rechtzeitig vorzusorgen, muss ich halt zum Bahnhofsmarkt gehen, der ist auch sonntags geöffnet. Die Eierteigwaren und das Gemüse sind schnell eingesammelt, nur an der Kasse, das dauert. Damit die Zeit mir nicht lang wird, lausche ich bei solcher Gelegenheit gern den Gesprächen der Umstehenden.

Hinter mir in der Schlange: Er, noch ziemlich jung, mittelgroß und schlank. Sie, eher klein und verdammt blond. Doch seinen Worten zu folgen, fällt nicht nur mir zunehmend schwer, Die Zähne wie miteinander verschraubt, geht alles im Nuscheln unter. Sie fragt wieder und wieder nach, und dann ist es passiert. Er bemerkt, wie ich an seinen Lippen hänge. Und ich schaue nicht schnell genug weg.

Jetzt steh ich vor der physischen Konsequenz meiner Neugier, mein Puls schnellt hoch, er fixiert mich mit Blicken, ich starre wie von einem Magneten gezogen zu ihm hin. „Is der schwul?", nuschelt er zur kleinen Blondine, die aber ist schon mit dem Laufband der Kasse beschäftigt. Dann guckt er noch mal, und ich, was hat mich geritten, werfe ihm einen Kussmund zu. Mein Puls rast, er brüllt mir nach, wir würden uns draußen sehen. He, der kriegt ja doch die Zähne auseinander! Glücklicherweise kann ich in dem Moment bezahlen, gelassen schreite ich zum Ausgang. Den triumphierenden Blick zurück aber spare ich mir lieber ...

Geplante Vorsicht, spontane Nachsicht

Juni 2003

Da ist er wieder. Mist. Auch heute gelang es mir nicht, mich an ihm vorbeizustehlen. Mein Hausmeister, gerade ist er damit beschäftigt, hässliche Graffiti der vergangenen Nacht an der Hauswand zu übertünchen, drängt mir wie immer eines seiner fürsorglichen Gespräche auf. „Na, denken Sie dran, am Wochenende Ihr Auto außerhalb zu parken!" Logisch, es ist doch Bunte Republik, und da geht es in der Neustadt immer ein bisschen drunter und drüber. Er, ganz die Vorsicht in Person, hat dafür seine Gründe. „Voriges Jahr hat ja hier die halbe Straße gebrannt."

Falsch, denke ich und muss dann doch was sagen: „Nee, das war vor zwei Jahren, da hab ich doch selber gelöscht." Das war ein Fehler. Jetzt kann ich nicht einfach weitergehen, so schnell lässt man sich ein. Also erzählt er mir, diese Chaoten würden schon seit zehn Jahren immer im Juni die Neustadt verwüsten. Er denkt wahrscheinlich noch immer, dass ich erst in der Neustadt lebe, seit ich in dem von ihm betreuten Hause wohne. Zaghaft werfe ich ein, es gäbe die BRN schon viel länger, und auch nicht in jedem Jahr komme es zu Krawall und Randale. Er wehrt ab und verweist auf die unglaubliche Lautstärke des Festes.

Wäre eigentlich 'ne prima Gelegenheit, mich bei ihm zu beschweren. Immerhin hat er mir mitsamt seiner Familie den Sonntagabend zur Hölle gemacht. Beim Grillfest im Garten dröhnten die Schlager so laut, dass ich mich beim besten Willen nicht auf meine Arbeit konzentrieren konnte. Nur kommt man bei ihm nicht zu Wort. Jetzt erzählt er von der Polizei, und die habe ihn vor zwei Jahren gar nicht nach Hause lassen wollen. Er hätte sich aber so aufgeregt, dass die Beamten schließlich klein beigeben mussten. Das wiederum glaube ich ihm aufs Wort. Die wollten ihn wahrscheinlich nur los werden, weil er ihnen mit seinem Geschwätz auf die Nerven ging.

Irgendwie schaffe ich es dann doch, mich loszureißen. Als ich später die Straße entlang bummele, denk ich bei mir: Ach, sieh ihm sein aufdringliches Wesen nach. Immerhin ist er so was wie ein Neustädter Original und ich nur der Zugezogene.

Schüsse auf der Louisenstraße

Dezember 2003

„Schieß doch! Schieß doch endlich!" Ein junger, schmächtiger Bursche liegt auf der Straße. Blut rinnt über sein Gesicht.

Ein kräftiger Kerl steht über ihm, tritt auf ihn ein mit seinen schweren Stiefeln. Zwei Schritte weiter im Hauseingang steht noch jemand. Im Licht der Laterne blitzt der Lauf einer Pistole. Es ist der am Boden Liegende, der schreit: „Jetzt schieß doch endlich!"

Dann kracht es.

Eine kleine Rauchwolke steigt auf. Der kräftige Kerl rennt los. Seine beiden Kumpane, bis dahin unbeteiligt und nur drohende Kulisse; sie stehen starr erst vor Schreck, doch dann rennen sie mit ihm. Der Mann am Hauseingang schießt noch einmal.

Ruhe.

Das war Silvester 1992, und ich der am Boden liegende Bursche. Wir wollten uns damals nur kurz auf der Straße abkühlen, im Hause hinter uns stieg eine kleine Feierlichkeit. So stand ich da und rauchte mit Mark, einem Berliner mit langem zu Zöpfen geflochtenen Haar, ein oder zwei Zigaretten.

Bis plötzlich diese Typen auftauchten. Erst pöbeln sie uns von der anderen Straßenseite her an. Offensichtlich stört Marks Haarpracht die drei, die alle ganz ohne Haare auskommen müssen. Den Pöbelsprüchen folgen erste Schubser. Zwei der Kerle sind wahre Muskelberge, einer eher schlaksig. Das Adrenalin macht sich bemerkbar, ich schubse zurück. Eine Faust kracht in mein Gesicht. Ich liege am Boden, sehe Mark mit der Pistole hantieren, und mir ist alles egal.

Später war ich doch ganz froh, dass es sich nur um eine Schreckschusswaffe handelte.

Später brachte mich jemand ins Krankenhaus, die Lippe musste genäht werden.

Noch später erstatte ich dann Anzeige bei der Polizei, die mir jedoch wenig Hoffnung machten.

Die Rowdys wurden nie geschnappt.

Kleine Nörgelei und die große Zufriedenheit

Januar 2004

Neulich auf einer Party im engeren Kreis. Die Feier stieg in der Neustadt, die Gäste waren aus dem gesamten Stadtgebiet angereist. Erstes Thema mal wieder die Parkplatznot. Im Handumdrehen entspinnt sich eine Diskussion über Vor- und Nachteile, im Szene-Viertel zu wohnen. An mir rauschen Argumente vorbei: zu eng, viel zu laut, und für Kinder ist das hier doch gar nichts, überall dieser Dreck. Ich halte mich zurück und lasse noch einmal meinen Tag Revue passieren.

Da war am Vormittag meine Weltreise zum nächsten Kreditinstitut – zehn Minuten. Auf dem Rückweg habe ich schnell noch meinen Lieblingsblumenladen besucht – fünf Minuten Umweg. Später wollte ich nur mal Luft schnappen – auf zum Alaunplatz. Zu einem Spaziergang gehört Espresso, wie schön, dass sowohl Herr Rosso als auch sein Hund an meinem Weg lagen. Und beim Bäcker auf der Alaunstraße schnappte ich mir fix ein Baguette und trudelte fröhlich summend heimwärts. Gesenkten Blickes, der Hundehäufchen wegen, marschierte ich so vor mich hin. Eine Stimme rief meinen Namen. Ein Bekannter erzählte mir neueste Gerüchte aus der Kneipenszene. Kurz vor der Haustür passte mich dann noch mein Hausmeister ab und klärte mich mal wieder über die Müllsortierung auf, und dass ich doch bitte künftig keinen Bio-Müll mehr in die gelbe Tonne werfen möge. Hab ich das wirklich je gemacht? Egal, während des kurzen Schwätzchens sah ich mit Freuden, wie die Politessen Knöllchen verteilen. So ist es fein, schließlich ist hier der Anwohnerparkbereich. Am Abend dann war ich ruck-zuck bei eingangs geschilderter Party, und auch ein Gläschen mehr könnte ich mir gönnen, der Heimweg ist ja kurz.

„Also, ich könnte hier nicht mehr wohnen, bei uns in Striesen ist es viel schöner." Die junge Frau, die das sagt, ist felsenfest überzeugt. Mir fehlen die Argumente. Zu banal scheinen mir die Vorzüge des Viertels, als dass ich sie in einer Diskussion in den Vordergrund rücken möchte. Ehe die Stimmung auf der Party noch sinkt, ziehe ich mich besser zurück, gönne mir im Blue Note ein Einschlaf-Bierchen und bin glücklich, in der Neustadt zu leben.

Aus dem Café „Herr Rosso und sein Hund" ist inzwischen das Kneipchen des Projekttheaters geworden.

Richtig alte Kneipen

Februar 2004

Die Nachricht traf mich wie ein Schock. Das Bautzner Tor soll einen neuen Betreiber haben. Ich befürchte das Schlimmste und eile in der nächsten freien Minute hin zur Hoyerswerdaer Straße, zu einer der letzten wahren Kultkneipen der Neustadt. Namen schießen mir durch den Kopf. Namen wie Konzertklause, Goldquelle, Nordpol, Goldenes Hufeisen, Schmiede oder Alaungarten. Alles Kneipen, die in den vergangenen Jahren nach und nach dicht machten, oder in denen, mit modischem Inhalt aufgepeppt und dem Zeitgeist angepasst, neue Lokale öffneten.

Was für schöne Stunden verbrachte ich in der Konzertklause auf der Alaunstraße bei Bier und „Spgahetti". Auf der handgeschriebenen Speisekarte wirkte der Buchstabendreher besonders reizvoll. Die Kellner dort sahen noch danach aus, in weißem Hemd und Lederweste. Der Wirt hinterm Tresen wäre für jeden Sonntagskrimi eine Topbesetzung gewesen. Jetzt ist an selber Stelle ein modischer Szenetreff.

Oder auf der anderen Straßenseite das Hufeisen. Angeblich habe es nach dem Krieg in der Kneipe Pferdefleisch gegeben. Das bekam ich natürlich nicht mit, dafür manches von den dort etwas ruppigen Sitten. Wie etwa ein zahlungsunwilliger Gast mit kräftigem Tritt in den Hintern auf die Straße befördert wurde. Oder wie sich zwei reifere Damen wegen eines Herren mit ihren Handtaschen angriffen; das Personal trennte die beiden Kampfmaschinen nur mit Mühe. Heute isst man hier gepflegt italienisch und unterhält sich nur noch im Flüsterton.

Sie fehlen mir, die alten Kneipen, in denen die Neustadt noch ein bisschen ordinärer und ein bisschen lauter war. Zuletzt hat es das Hebeda's erwischt. Wenigstens hat der neue Inhaber den Namen übernommen und auch nicht sonderlich viel umgebaut. Doch die ehemaligen Gäste sind verschwunden, fühlten sich wahrscheinlich eingeengt vom neuen jugendlichen Szenepublikum.

Mittlerweile bin ich am Bautzner Tor angelangt, neben Zöllnerklause und Erlenklause wohl die letzte noch originalgetreue Kneipe. Ehe ich weiter lamentiere, stoße ich die Türe auf. Und atme erleichtert auf. Fast nichts hat sich verändert, am Tresen steht einer mit 'nem Bier, der könnte schon immer hier stehen. An der

Wand noch immer die alten Tapeten. Die Luft scheint etwas besser zu sein, das kann aber auch am frühen Abend liegen. Nur der Mann hinterm Tresen ist neu und vielleicht einen Tick zu freundlich, aber das kriegt er bestimmt noch hin.

Aus dem oben erwähnten italienischen Flüster-Restaurant ist inzwischen eine Molekular-Cocktailbar geworden und von der wilden Handtaschenrauferei gibt es im weiteren Verlauf des Buches noch zu lesen. Die Erlenklause im Hechtviertel ist noch immer unverändert und immer einen Besuch wert.

GASTSTÄTTE GOLDENES HUFEISEN

Wilde Küsse einer einsamen Mutter

Juli 2004

Das sieht bedrohlich aus, sie kommt näher und nein … sie wird doch nicht. Doch, jetzt presst sie seinen Kopf zwischen ihre Brüste. Gurgelnde, wollüstige Laute gibt sie von sich und er, er ist ganz still geworden … kriegt er noch Luft? Sie schiebt ihn wieder weg, rückt mit festem Griff ihr Dekolleté gerade, zupft sich den verführerisch hochgerutschten Rock zurecht und fängt an zu erzählen. „Mutter Blamage & ihre Kinder".

Ich sitze im roten Zelt beim siebten Schaubudensommer. Mutter Blamage ist die als Annamateur berühmte Anna-Maria Scholz, die Gitarristen Daniel Wirtz und Reentko Dirks lassen sich als ihre Kinder wahlweise knuddeln oder anschreien. Jetzt singt sie wieder, vom Vater der beiden Buben: „Papa was a Rolling Stone" Dabei füllt ihre kraftvolle Stimme mühelos das

Zelt und übertönt die Marktschreier von nebenan. Lustvoll seufzt sie ins Mikrofon, während die Buben mit zarten Händen den Gitarren ungeahnte Töne entlocken.

Dann springt sie wieder auf, wird dank Nutella-Schnurrbart zum Diktator und schreit die Söhne und das vor sich hin kichernde Publikum an: Sie suche einen Mann, zärtlich soll er sein und doch starrrrk, humorrrrvoll ... nicht unbedingt. Vor allem eines darf er nicht, rauchen. Der Vater der Buben habe sie verlassen mit den Worten, ich geh nur mal schnell Zigaretten holen.

Das Publikum tobt noch, da wird Anna melancholisch, ab ist der Bart. Ganz sanft und zart und weich singt sie in bester Marlene-Dietrich-Manier: „Ich weiß nicht, zu wem ich gehöre, ich bin doch zu schade für einen allein, wenn ich jetzt gerade dir Treue schwöre, wird wieder ein anderer ganz unglücklich sein." Dann ist es aus, eine Zugabe gibt es nicht, denn die nächsten warten schon draußen vor dem Zelt.

Seit ich die Langfassung des Stückes kenne, ist mir klar, die beiden Buben im Stück haben verschiedene Väter.

Junge Poeten im Kulturschutzgebiet

April 2005

Ich bin leicht genervt. Auf was habe ich mich hier bloß eingelassen. Literatur. Poesie. Theater gar? Außerdem lassen die Künstler ganz schön auf sich warten. Es ist schon eine Viertelstunde nach acht. Doch wer ist hier eigentlich der Künstler? Ich sitze in Rinka's Café, das zwar schon längst nicht mehr so heißt, aber wegen des falschen Apostrophs immer wieder gern erwähnt wird.

Naja, jedenfalls in dem kleinen Lädchen neben dem Projekttheater auf der Louisenstraße. Seit Kurzem hat das hier ja auch wieder einen Namen: „Kulturschutzgebiet". Klingt irgendwie nach Zielgruppe Studentinnen der Geisteswissenschaften. Und tatsächlich, am Nebentisch sitzen junge Mädchen in betont alternativen Kleidern neben einem Burschen mit betont alternativer Frisur. Alt-68er wie Rainer Langhans oder Fritz Teufel würden ihre Freude dran haben. Entsprechend hochgestochen auch das Gespräch. Es ging um den Ablativ, den 5. Fall im Lateinischen und seine Gemeinsamkeiten mit dem Instrumental, dem 5. Fall der russischen Sprache. Doch die zierlichen Mädchen scheinen noch ganz am Anfang ihre Studiums zu stehen. Ich verschlucke mich fast vor Lachen, ob der Unkenntnis der Grammatik. Als der junge Alt-68er anfängt, jeden einzelnen Fall zu erklären, kommen glücklicherweise die Hauptakteure des Abends herein, einer hat eine Gitarre dabei. O weh, er wird doch wohl nicht Lieder singen wollen. Innerlich bin ich auf schlimmste Politpropaganda gefasst.

Die beiden geben sich sehr lässig und lästern erst einmal über die Geräusche der Espressomaschine, um wenig später von deren Charme zu schwärmen. Dann geht es los. Abwechselnd lesen und deklamieren sie ihre eigenen Stücke, doch um Politik geht es nur am Rande, im Hintergründigen. Im Vordergrund steht die Liebe, unerfüllte zum Teil und auch Sehnsucht. Das Ganze beginnt mir zu gefallen. Ich angle mir ein Programm-Heftchen vom Nachbartisch: „Einen Kaffee und eine Ohrfeige, bitte." Matthias Seidel und C. Tobias Jahn heißen die Poeten, und einer rezitiert nun gerade das gleichnamige Gedicht mit einer Ernsthaftigkeit, die mir nicht einleuchtet. Doch dann, o Graus, dann kommt die Gitarre ins Spiel und Gesang, das ist zu viel. Feige verziehe ich mich während der Pause aus dem Kulturschutzgebiet.

Kamele und Sex in der Wüste

Juni 2005

Es ist heiß. Die Deckenventilatoren rotieren auf Hochtouren, quirlen aber nur schwüle Luft. Wenigstens mein Bier ist kalt. Jeder Schluck bringt Entlastung. Schweiß perlt mir über die Stirn. Mühsam halte ich mich am Tresen fest, die Trägheit hat mich vollkommen im Griff. Dann geht das Licht an. Eine siebenköpfige Truppe steht auf der Bühne und greift in die Instrumente. Einer nimmt sich das Mikrofon. Zwei, drei, vier, gibt die Schlagzeugerin den Takt vor. Trägheit? Schweiß auf der Stirn? Mich hält nichts am Tresen, ich muss ran an die Combo. Wer oder was ist denn das?

Eine Truppe mit riesigen Sombreros, diesen klassischen mexikanischen Strohhüten, in farbenfrohen Ponchos – die „Tequila-Monsters", sechs Männer im mittleren bis reifen Alter und eine Schlagzeugerin. Der

Sänger, El Grande, singt hin- und herspringend über Kamele, die Wüste, und was bei der Hitze richtig gut ist: Sex. Die Musik lässt sich nicht einordnen, sie spielen einfach alles nach, von hartem Rock über Country bis hin zu Hip-Hop-Stücken und alles auf eine irgendwie mexikanische Art.

Dabei sind sie alle Dresdner, zum Teil gestandene Musiker mit Diplom und Doppel-Diplom. Und Captain Otto Tabasco hält die Fäden zusammen. Künftig wollen sie regelmäßig hier spielen. Doch jetzt kündigt er erstmal das letzte Lied an. Daran glaube ich nun noch nicht, denn inzwischen ist es voller geworden. Leute, die hier in der Groovestation eigentlich nur den Billardstock schwingen wollen, bleiben stehen. Und tatsächlich, nach dem Lied gibt es riesigen Applaus und Rufe: „Zugabe, Zugabe". Ein bisschen geschmeichelt, lassen sich die „Monsters" nicht lang bitten.

El Grande, der Mann mit dem größten Sombrero und Herr über das Mikrofon, geht völlig aus sich heraus, am Boden liegend schreit er die restlichen Töne, gefolgt von einer letzten Zuckung. Aus. Das Publikum zeigt Einsicht und klatscht nur noch höflich. Die total erschöpfte Band ist nach der fünften Zugabe endlich erlöst.

Scheune.
Wie immer.

März 2006

Es sollte ein gemütlicher Abend werden, mit drei Freunden treffe ich mich auf ein paar Bierchen im Scheune-Café. Der Anfang ist ganz gut, zwei Saufkumpane lungern schon am Tresen herum, vor gefüllten Gläsern. Ich geselle mich hinzu, und die Bedienung fragt mich auch gleich nach meinem Begehr. Als nun schon größere Gruppe ziehen wir einfach mal um an einen Tisch. Aus Erfahrung bestelle ich für den in Kürze erwarteten vierten der Runde gleich ein Bier mit.

Der Erwartete kommt, das vierte Bier nicht. Blick in die Kneipe: Am Stress kann's nicht liegen. Außer uns kaum Gäste da. Nach hektischem Rufen und Gestikulieren kommt schließlich das Bier. Schon eine Minute später steht wieder eine Kellnerin am Tisch: Ob denn alles soweit in Ordnung sei. Ja, wir nicken.

Das stellt sich als grober Fehler heraus. Bald sind die Gläser wieder leer, nur bestellen können wir nicht. Irgendwann endlich die zweite Runde und Stunden später die dritte. Bis dahin dudelte Hintergrundmusik unaufdringlich und leise vor sich hin, plötzlich trägt uns ein Radiosprecher die Verkehrsnachrichten aus Thüringen und Hessen vor. Ist das jetzt etwa die Vorankündigung zum Kneipenschluss? Gibt es in der Neustadt neuerdings eine Sperrstunde? Und sollte die wirklich schon vor Mitternacht beginnen? Fragen über Fragen.

Der Mann am Zapfhahn ruft uns lässig was von letzter Runde zu, und wir ordern noch schnell 'n paar Biere. Im Radio spielt der MDR jetzt Sonaten. Sehr flippig, geht aber wenigstens nicht so wie der Verkehrsfunk auf die Nerven. Die Tür geht auf, eine Menschengruppe strömt herein, geführt von Anna Müller auf Nachtspaziergang durch die Neustadt – vermutlich mit der Scheune als Attraktion. Die Kellnerinnen stellen die Stühle hoch und vom Tresen schallt es: „Wir haben Feierabend!" Frau Müller mit ihren rund 20 Gästen kehrt etwas irritiert um und der Szene-Kneipe wohl künftig den Rücken.

Um uns herum wird kräftig geputzt, eine Kellnerin eilt herbei mit dickem Portmonnee, wir mögen doch nun unsere Rechnung begleichen. Jeder zahlt einzeln. Das heißt, sie muss rechnen. Wenig später steht ein riesiger Taschenrechner bei uns auf dem Tisch. Toll, den kann sie bedienen, im Kopf gehts wohl nicht so recht.

Unsere Bestellungen, Bier von zweierlei Sorten, das ist aber auch sehr kompliziert.

Wir gehen. Sagt einer meiner Zechkumpane: „Naja, Scheune, wie immer." Vielleicht sieht mich das Scheune-Café ja in ein paar Jahrzehnten wieder ...

Nachtrag: 2015 wurde das Scheune-Café renoviert, 2016 der Biergarten neu gestaltet, und in der Küche gibt es kein Fleisch mehr. Rauchen ist schon seit Jahren tabu.

SO./MO.
13.11.
14.11.
15.11.
21.11.
SAX ROYAL
MAXIM

Der freche Zwerg im Garten

Juli 2006

Jetzt glotzt der schon wieder. Richtig frech lugt er unter seiner roten Zipfelmütze hervor. Dichte Augenbrauen und ein Rauschebart, beide weiß, umrahmen tiefblaue Augen. Den ganzen Abend starrt er mich jetzt schon an. Und ich kann doch Gartenzwerge nicht ausstehen. Wo bin ich hier nur hingeraten?

Alles hängt mit diesem Fußball-Halbfinale zusammen, mit Freunden wollte ich mich treffen, irgendwo gemütlich in einem Kneipchen auf großer Leinwand die Deutschen siegen sehen. Beides ging gründlich schief. Der von mir bevorzugte Biergarten hinter dem Wettbüro auf der Antonstraße war schon eine reichliche Stunde vorher komplett überfüllt. Auch die Alternativen, die Freiluftlokale hinter dem Toscana (Louisenstraße) oder dem Cigales (Alaunstraße 64) gerammelt voll. Vor dem

Schwalbennest fanden sich schließlich noch ein paar Plätzchen vor einem winzigen Fernseher. Jemand kam auf die glorreiche Idee, stellen wir doch einfach selbst eine Leinwand in 'nem Hinterhof auf.

Und nun sitze ich hier. Die Leinwand ist riesig, das Bild ganz gut, die Stimmung ist bestens, das Bier kühl und zum Greifen nah. Und am Grill werden fleißig Steaks gewendet. Unsere Party zum sogenannten kleinen Finale sprach sich herum. Die Runde ist ordentlich besucht, nur ich habe schlechte Laune. Wäre nur dieser dreiste Gartenzwerg nicht! Ich fasse mir ein Herz, schnappe mir den Burschen und räume ihn hinter den nächsten Busch. Soll er dort vor sich hingrinsen.

Nach der Party folgt normalerweise der Kater. Was aber, wenn man vier Wochen lang fast jeden Abend feiert? Fallen wir jetzt alle in ein tiefes Loch der Langeweile? Keineswegs, die Neustadt hat vorgebaut. Bereits heute Abend geht es weiter, hinter der Scheune beginnt der Schaubudensommer. Nun heißt es wieder: „Hereinspaziert! Hereinspaziert!" Und all die bekannten Gesichter von Annamateur über Jean Pierrot bis hin zu Debbsch und Lebbsch sind wieder mit dabei.

Und ich weiß wieder, wo ich meine Abende verbringen kann. Vielleicht überwinde ich mich und nehme Kurt, so habe ich den Gartenzwerg inzwischen getauft, auch einmal mit.

Im Cigales ist jetzt die Schokoladenbar.

Eklat in der Scheune

März 2007

Kurz nach sieben, unruhige Stimmung. Viele junge Leute unter den Versammelten im vollen Scheune-Saal, alle hoch gespannt. Vorn auf dem Podium sitzen Politiker, ein Staatsanwalt, der Polizeipräsident, ein Spätshop-Betreiber, der Ordnungsbürgermeister. Die Stimmung ist trocken, der Bierausschank im Vorraum auch. Kein Alkohol ist wohl besser.

Etwas mehr als 150 Leute wollen wissen, wieso sie künftig von Kameras begafft werden sollen. Doch darum geht es gar nicht. Zumindest beginnt der Moderator ganz anders: „Kaufen, Saufen, Raufen" – Tosender Beifall auf den Rängen, noch freut er sich, so etwas sei er hier nicht gewohnt. Doch schnell gerät die Diskussionsrunde zur Farce. Der Staatsanwalt verliert sich in juristischen Fachbegriffen, und spätestens als das gefürchtete „langweilig" mehrfach aus der Menge tönt, ist der Frieden dahin. Wichtigste Nachricht von der Justiz an diesem Abend: Die geforderten Schnellverfahren zur Aburteilung der Randalierer können erst bei Volljährigen ab 21 Jahren eingesetzt werden.

Dann spricht der Polizeipräsident, auch er wird ausgebuht und ausgepfiffen. Sein Fazit: „Wir wollen die Neustadt unattraktiv machen" (tosender Beifall) „unattraktiv machen für Gewalttäter, Straftäter und Randalierer." Und dazu müsse die Polizei auch das Mittel der Video-Überwachung einsetzen.

Die Menge wogt, will den Politikern nicht mehr zuhören, sondern die Meinung sagen. Eine Kneiperin erwähnt, die Spätshopbetreiber hätten nur Angst, pleite zu gehen. Eine Frau fordert eine Befragung der Neustädter. Ein etwas älterer, nachlässig Gekleideter macht seiner Empörung Luft und ruft: „Ich komme dann mal nach vorn." Schnappt sich seine Tasche, schreitet zum Podium und haut auf die Tische. Gläser zerbrechen. Wasser schwappt. Flecken überziehen Gesichter und Hosen.

Uniformierte führen den Mann zügig und sicher ab. Die Gefahr ist vorüber, doch der Schock sitzt tief. Der Moderator erntet noch immer nur Gelächter. Er schmeißt das Handtuch, steckt sich im Vorraum eine Zigarette nach der andern an und überlegt, ob er Strafanzeige stellen sollte. Ein Friedensbewegter findet sich und bringt die Diskussion beschwichtigend zu Ende.

Wo laufen sie denn?

April 2008

Schmatz, platsch, putsch, schlidder ... Das war knapp, beinahe wäre ich der Länge nach in die Schlammpfütze gefallen. Die Balance konnte ich gerade noch halten, aber wo sind jetzt meine Begleiter? „Tempo rausnehmen!", warne ich und bin auch gleich wieder bei ihnen. Denn die Regeln sind hart beim Mannschafts-Crosslauf durch die Heide. Drei Leute bilden eine Mannschaft, der Abstand zwischen den einzelnen Läufern darf nicht mehr als zehn Meter betragen.

Es war eine spontane Idee, wir hatten das Plakat im Wald gesehen und meinten, da müssten wir mit. Und nun das: Nieselregen, aufgeweichte Wege, Schlamm und Modder überall. Dazu noch weit über hundert Mannschaften, die alle irgendwie sportlicher aussehen als wir. Von der Strecke haben wir nur eine grobe

Ahnung, es soll durch den Prießnitzgrund gehen, dann über die Brücke rechts hoch Richtung Kiesgrube und weiter zur Offiziersschule auf der Marienallee.

Nun stecken wir hier im Morast. Mir werden die Beine schwer, zumal ich weiß, da kommt noch ein ziemlich langer Berg. Drei junge Mädchen, offenbar einige Minuten nach uns gestartet, ziehen locker an uns vorbei. Wenn das nicht motiviert. Diese Leichtfüßigkeit, diese Spritzigkeit ... wie sie über den Pfützen schweben. Hingegen wiegen meine Füße gefühlte 100 Pfund.

Von der Küchenbrücke an – heute weiß ich, das sie so heißt – geht es bergauf. Der Berg erweist sich leichter als gedacht, der Erfolg bleibt nicht aus. Zunächst überholen wir eine der Walking-Gruppen, dann ziehen wir souverän an älteren Herren vorbei. Einer von ihnen ist schon achtzig, erfahre ich zum Glück erst später. Die letzten Meter sind noch einmal hart, das Pflaster der Marienallee malträtiert die Füße, doch als wir auf dem Sportplatz einbiegen, fühlen wir uns wie Sieger. Aber klar doch, nächstes Jahr sind wir wieder dabei.

Es blieb bei der einmaligen Teilnahme. Auch wenn mich in den Folgejahren jedes Mal ein läuferischer Heißhunger überkam.

Kellnerische Überraschung im Raskolnikoff

Mai 2008

1. Mai – Internationaler Kampftag der Arbeiterklasse und in diesem Jahr auch Trinktag für Heranwachsende, Christi Himmelfahrt. Meine Erfahrungen mit diesem Datum sind leider begrenzt. Doch diesmal ist das Wetter einfach zu schön, ich muss raus. Also schnappe ich mir ruckzuck eine gut aussehende Begleitung und pilgere ins Raskolnikoff.

Der Garten bekam zwar in den vergangenen Jahren mit dem Oosteinde und dem Biergarten hinterm Oscar (jetzt Stilbruch) harte Konkurrenz, ist für mich aber schon aus traditionellen Gründen immer noch als Freisitz die Nummer eins. Am liebsten lausche ich hier bei Espresso und Frühstücksei den Klängen des immersprudelnden Brunnens. Schade übrigens, dass die kleinen Wasserrädchen verschwunden sind.

Für Frühstück ist es heute schon etwas zu spät. Kaum sitzen wir, drängelt sich, freundlich fragend, ein weiteres Pärchen an den Tisch. Leichtes Entsetzen macht sich breit, als ich den Kellner wiedererkenne. Der war doch schon vor zig Jahren so langsam ... und jetzt ist der Garten brechend voll.

Die fremde junge Dame raunt ihrem Begleiter etwas zu, beide kichern, und ich höre heraus, auch bei ihnen dreht es sich um den Kellner. Der hat sich netterweise mit einem adretten Tiger-Beer-Shirt geschmückt. Anlass genug für uns, die sächsische Aussprache zu imitieren: „So een Diescher, den grischsde nie zu Gesichde." Innerhalb weniger Sekunden sind wir alle vier herrlich am Lästern.

Plötzlich, wie aus dem Nichts, steht er bei uns am Tisch, notiert die Bestellung und verschwindet wieder auf samtenen Pfoten. Wir sind beim Thema schlechter Service in der Scheune, da kann ich ja so einiges berichten. Schließlich gelangen wir zu den guten alten Zeiten, als unsereins noch per Leiter über das Damenklo in den Klub einstieg, um die horrenden Eintrittspreise von geschätzten fünf Mark für ein Live-Konzert zu sparen. Naja, damals wars.

Inzwischen sind Getränke und Speisen da, alles ging fix, keine Klage. Ein wenig verlegen sehen wir uns an. Von wegen, und manche Dinge ändern sich nie. Wir sind allesamt begeistert vom guten Service im Lokal. Über den vergessenen Milchkaffee, der nach einer kleinen Erinnerung gleich kam, hängen wir mal den Mantel der Gnade. Wie gesagt, rappelvoll der Garten ...

Und noch mit einem zweiten Vorurteil kann ich aufräumen, nicht jeder Jungmann ist am Vatertag betrunken – schon fast zu schön, um wahr zu sein.

Anmerkung 2014: Im Zuge der Neugestaltung des Viertels zwischen Böhmischer und Bautzner Straße fiel der schöne Biergarten vom „Stilbruch" weg.

Große Spießerinnen, kleine Täuschungen

September 2008

Mein täglich Brot und die anderen Leckereien hole ich mir ganz gerne auch mal im Supermarkt. Dem geneigten Neustädter stehen zurzeit drei Einrichtungen zur Verfügung. Früher, ja da gab es mal den Geheimtipp Kaisers an der Loge, aber der war wohl so geheim, dass sich nie ein Kunde dort hin verirrte. Der Spar auf der Königsbrücker wird schon seit Ewigkeiten umgebaut, und was in das Parkhaus-Kita-Projekt auf der Kamenzer reinkommt, ist noch immer ungewiss.

Momentan drängen sich die Neustädter also beim Plus gegenüber der Post, beim Spar-Nachfolger gegenüber der Punker-Clique, und ganz besonders im Konsum auf der Alaunstraße. Der strahlt und glitzert in seiner modernen Ausstattung. Muss er auch, nicht umsonst ists hier ein bisschen teurer als anderswo.

Nichtsdestotrotz bin ich dort am liebsten. Weil, hier ist es irgendwie am meisten Neustadt. Die Kassenschlange ist der Beweis für die Vielfalt des Viertels.

Zum Beweis ein kleiner Überblick:

Am Bezahlen oder besser am Groschen-Suchen ist ein riesiger Punker. Seine Haare, zumindest die, die er noch nicht abrasiert hat, sind zerzaust. Statt einem Ring hat er einen kleinen angespitzten Pflock im Ohr. Auf seiner Lederjacke stehen Sprüche wie: Ich bin nicht tot, ich riech nur so. Als er seine sechs Flaschen Sternburg bezahlt hat, seufzt die Kassiererin leise und erleichtert auf, es geht weiter.

Als nächstes sind zwei Mädchen an der Reihe, beide keine 20 Jahre alt. Blonde Haare, reine Haut, Kleidung lässig, studentisch-schick. Die Flasche Rotwein und 'n paar Hygieneartikel werden mit 'nem Zehner bezahlt.

Ein Typ, Marke Maschinenbaustudent, nur zwanzig Jahre älter. Leichte Glatzenbildung am Hinterkopf, ein derber Fleck auf der grauen Jacke, auf dem Laufband liegen: ein Toastbrot, 'n paar Fertiggerichte, zwei Kartons H-Milch.

Hinter ihm eine hochaufgeschossene junge Frau, strenger Hosenanzug, streng gezopftes Haar, strenge Brille, strenger Blick zu mir (hab wohl einen winzigen Augenblick zu lange hingesehen). Sie stellt zwei Kräuter-Pflänzchen im Töpfchen aufs Band, einen kleinen

Feta-Käse, einen probiotischen Joghurt und Bio-Eier dazu. Sie bezahlt, na klar, mit Karte. Alle Einzelteile verschwinden akkurat im Sportrucksack.

Innerlich schüttle ich den Kopf, so spießig in der Neustadt, ist das überhaupt erlaubt? Verwirrt starre ich der Frau hinterher. „Fünf achtundfuffzig", die Kassiererin drängelt ... Vorn, neben dem Backstand, die Spießerin! Sie zückt 'nen Euro und drückt ihn dem Lederjacken-Punk in die Hand. Das ist die Neustadt – immer für eine Überraschung gut.

Die Supermarkt-Lage in der Neustadt hat sich inzwischen stark verändert. Aus dem kultigen Spar-Markt wurde erst eine Drogerie und später ein Bio-Markt, die Kamenzer bekam einen Netto, und auf Königsbrücker und Bautzner tummelt sich Rewe. Und mit Bui auf der Louisenstraße gibt es den ersten Vollsortimenter.

2015

Rauchen gefährdet die Gesundheit

Dezember 2009

Müde stapfe ich die Straße entlang. Meine schweren Stiefel knirschen im dreckigen Schneematsch. Jede gepflasterte Ausfahrt ist die Hölle. Wenn ich jetzt stürze und mir die Knochen breche, hab ich es wohl nicht besser verdient.

Der Abend war eine Katastrophe und doch so wunderbar. Sicher hatte ich das eine oder andere Bier zu viel – und morgen wird mein Kopf zum Bersten voll stichelnder Nadeln sein.

Doch das ist es nicht. Nein. Es ist die Gewalt, die unbeherrschte, rücksichtslose Gewalt. Ich war auf einem kleinen, aber gut besuchten Konzert. Die Massen drängen sich, ich schaffe es bis direkt vor die Bühne. Vor fast zwanzig Jahren hatte ich die Band zum ersten Mal gesehen, getanzt, getobt, gerockt.

Auch heute zuckt es mir wieder in den Füßen, der Kopf wippt automatisch mit. Dann die alten Stücke, die Lieder zum Mitsingen. Wild springe ich hin und her, brülle mir die Seele aus dem Leib. Schließlich ein neuer Song, er beginnt ganz ruhig. Automatisch will ich mir eine Kippe anstecken. Schreit mir ein Bursche von hinten ins Ohr:

„Hier ist Rauchverbot!"

Mir doch egal, ich zünde das Feuerzeug. Eine Hand schnellt mir gegen die Wange, die Kippe fliegt davon. Die Musik legt an Tempo zu, ich wende mich um, gehe auf den Kippenwegschläger los. Einer mit Körpergröße und massiger Fülle und lustigem Rockerzopf und Ziegenbärtchen drängt sich dazwischen und mich zurück. Ich lass mich treiben, ich koche, die Wut muss raus. Schimpfwörter rasseln mir durch den Kopf. Das nächste Lied. Es wird noch schneller. Wieder ein Klassiker. Wieder ein Song zum Mitschreien. Ich wende mich wieder der Bühne zu, die Kerle in meinem Rücken. Das Geschubse wird heftiger. Wie ich mich umdrehe, fliegt der Bärtige direkt auf mich zu. Meine Wut bricht sich Bahn. Ich packe ihn und stoße ihn durch den Raum. Die Brille rutscht mir von der Nase, im Reflex greif ich nach ihr und fange sie auf. Zu seinem Glück – und zu meinem. Vielleicht wäre sonst Schlimmeres passiert. So bleibt es beim Geschubse. In der Menge der Leiber kann er nicht fallen, aber er weiß jetzt, was ich von ihm halte. Prompt rückt er wieder auf, schreit mich an. Ich schrei zurück, er macht merkwürdige Gesten, zeigt mit seinen Fingern in seine Augen. Kräftige Burschen halten uns auseinander. Trotz aller Wut muss ich nun grinsen. Mir egal, ich dreh mich zur Bühne und bin nun nur noch bei den Songs. Neben mir raucht einer, ich schnorre ein paar Züge, der Sänger vor mir hat sich während der Pause vor den Zugaben auch noch eine angesteckt.

Ich bedanke mich beim Nebenmann, der mich zurückhielt, und dränge mich durch den Raum, zum Tresen, zum Bier, nach draußen – zum Rauchen.

Begegnungen am Morgen

März 2011

In kleiner Eile schreite ich die Louisenstraße entlang und erfreue mich des Frühlings Sonnenstrahlen. Ein Mann kommt entgegen, verbissenen Blicks, geduckter Haltung. Hornbrille, Schiebermütze, schwarze Lederhandschuhe, die rechte Hand umklammert einen hölzernen Stock, in der Linken trägt er eine verschlissene Aktentasche.

Nur wenige Meter vor mir zieht er schnarchend und schnattern seinen Rotz hoch und setzt einen fetten Flatschen auf den Bordstein. Ich kann mir ein „Na, das macht man doch aber nicht!“ gerade noch verkneifen. Der Rotzer trottet an mir vorbei, entdeckt am Espitas die großen Graffiti und muss lauthals kommentieren:

„So ein Dreck hier!“

Kneipen, in die sich sonst keiner traut

Mai 2012

Zwei Herren sitzen am Tresen, eingehüllt in Zigarettenrauch. Der eine nimmt einen langen Schluck aus seiner Pulle Bier und setzt an: „Also weißt du, ob nun rot oder weiß – Wein ist einfach nicht mein Ding." Der andere zieht an der Kippe, nippt an seinem Glas und hüllt sich in beredsames Schweigen. Die Wirtin wischt feucht über den Tresen.

Ich sitze in der „Schwarzen Hexe", einer Kneipe am kleinen Platz an der unteren Alaunstraße zwischen Wettspielhölle und Orientbasar – ansonsten nicht gerade mein Einzugsbereich. Es ist Montag, früher Abend, und voll. Mehr als 200 Kneipen, Bars und Clubs hat die Neustadt. Viele habe ich schon besucht. Manche machen so schnell wieder dicht, dass ich es einfach nicht schaffe. Und dann gibt es noch solche wie die

„Schwarze Hexe". Allein würde ich mich hierher kaum trauen, wäre nicht wie heute ein kräftiger Freund dabei. Ich sehe mich um. Am Tisch neben der Toilette sitzen zwei Damen fortgeschrittenen Alters im klassischen Rentner-Look. Ihre Likörchen und kleinen Biere sind schon lange ausgetrunken. Sie schwatzen noch. Den Nebentisch nimmt ein martialisch tätowierter Skinhead ein, wie aus den frühen 90ern entsprungen, selbst das passende Renee-Girl fehlt nicht. Weiter schweift mein Blick: Der riesige Röhrenfernseher ist blind. Neben der Bar hängt ein Telefonautomat. Der verrichtet noch seinen Dienst.

Wir schlürfen unser „Frischgezapftes" und verstehen, warum alle anderen hier Flaschengetränke verlangen. Während der Weinkenner am Tresen inzwischen zum Kfz-Experten mit Fußballwissen mutiert, verlassen wir den Schankraum und suchen uns das nächste Abenteuer.

Fast am anderen Ende der Alaunstraße befindet sich „L's Bar". Die Räume haben eine bewegte Vergangenheit, „L's" ist mindestens das sechste Konzept. Zuletzt war hier eine Gay-Bar drin. Das Ambiente erinnert noch stark daran. Mürrisch reicht uns der Wirt zwei Biere. Gebannt starren wir auf den riesigen Flachbildschirm hinter dem Tresen. In der NDR-Schlagerparade ist gerade ein lustiger Seemann zu sehen. Passt perfekt zur anatolischen Kneipen-Musik. Der aufmerksame Wirt registriert unseren Blick, er stellt den Fernseher laut und macht die Stereo-Anlage aus. Widerspruch wagen wir nicht.

Zwar sind wir die einzigen Gäste, doch im Fünf-Minuten-Takt kommt jemand herein, raucht eine Zigarette mit dem Wirt, tuschelt etwas und verschwindet wieder. Sind wir hier beim Paten der Neustadt? Im Hinterzimmer locken gepolsterte Ledersessel vor Spielautomaten. Verwirrt und verschlagert ziehen wir ab, diese Abenteuerlust ist vorerst gestillt.

Nachtrag: L's heißt jetzt Leyla, ansonsten ist alles gleich geblieben.

Andrang auf der Görlitzer

Oktober 2012

Dienstagabend im Bermudadreieck: Dank des bevorstehenden Feiertages hat man als draußenstehender Biertrinker keine Ruhe. Ständig schubsen und drängeln 18-jährige Girlies und bemüht wild drein blickende Burschen an einem vorbei. Die Szenerie auf der kleinen Treppe zum Lokal könnte aus Monty Pythons „Leben des Brian“ stammen. Etwa 20 junge Leute tappern hinein und stapfen wenige Minuten später wieder heraus.

Währenddessen stapeln sich auf der gegenüberliegenden Straßenseite die Jugendlichen. Zwei Gruppen begegnen sich ausgerechnet hier, derweil in der Mitte zwei Hausbewohner ein Sofa zur Tür heraustragen. Als sich die Lage beruhigt, ruft einer mir zu. „He, ist deine Flasche schon leer?“ Ich halte mein halb ausgetrunkenes Bier etwas fester. Die Pfandsammler greifen sich hier offenbar alles, was sich nicht wehrt. Plötzlich ein Poltern und Rumpeln, es schnauft heftig und quietscht. Mitten in der Görlitzer Straße kommt ein 40-Tonner zum Stehen.

Ich staune nicht schlecht. Dass die Leutchen neuerdings die Görlitzer mit ihren Automobilen in beide Richtungen befahren, daran habe ich mich schon gewöhnt. Aber so ein Lastzug? Und warum hält der jetzt hier? Der Grund naht, eine Straßenbahn kommt ihm entgegen. Das wird eng.

Mit viel Geschick quetscht sich der Bahnfahrer an dem Laster vorbei. Die Strömlinge vom Erstsemester haben offenbar auch ihr Ziel erreicht, und ich widme mich nun wieder ganz dem Bierchen.

Todesangst im Hausflur

September 2013

Ein Lichtstrahl schießt mir ins Auge. „Halt! Stehen bleiben!" Die Stimme ist scharf. Ich taumle, finde Halt an der Wand. Der Mann senkt die Taschenlampe, ich sehe langsam wieder Bilder und – blicke direkt in den Lauf einer Pistole. Augenblicklich bin ich nüchtern. Wo befinde ich mich? Falscher Hauseingang? Komme ich hier heil raus?

Wir schreiben das Jahr 1991, es ist kurz vor Weihnachten. Ich hatte eine kleine Tour unternommen und dabei fast alle Szenekneipen gestreift: Tivoli, Planwirtschaft, Pinta – im „Schlagloch" auf der Kamenzer Straße bin ich dann ordentlich versackt.

Bei etlichen Bieren und Selbstgedrehten diskutierten wir über die ausstehende Weltrevolution und die Vorteile des Anarchismus. Gegen zwei werden die Zungen zunehmend schwer, und der Diensthabende schmeißt uns endgültig raus. Also trotte ich nach Hause, damals auf der Otto-Buchwitz-Straße, Nummer 64. Mit Freunden war ich da vor kurzem eingezogen, ohne Mietvertrag – natürlich.

Meine dünne Kunstlederjacke ist wirklich nur schick, das bekomme ich auf dem weiten Weg durch die Neustädter Gassen mit. Von wegen Alkohol wärmt. So bin ich denn froh, als ich endlich die Türklinke drücken und durchs Dunkel des Treppenhauses tappern kann. Die Beleuchtung ist natürlich mal wieder ausgefallen. Wer keine Miete zahlt, kann sich eben auch bei niemandem beschweren.

Nun das noch! Der Typ vor mir sieht kräftig aus, sein Schießeisen hält er mir noch immer ins Gesicht. Aber ich bin im richtigen Treppenhaus, das ist jetzt klar.

„Was wollen Sie hier?", bellt er eher, als dass er redet. Ich bin unsicher, überwacht die KWV jetzt das Haus? Muss ich mir eine neue Bleibe suchen? Während ich noch grüble, scheint ihm schon ein Licht aufgegangen: „Sie wohnen wohl hier?" – „Ähm, ja." Ich stammele, obwohl die Zunge gar nicht mehr schwer ist, gefühlt war ich nie nüchterner.

Nun senkt er endlich die Waffe. „Gehen Sie nur hoch, ich leuchte Ihnen." Er passe als Wachmann nur auf den Pelzladen im Erdgeschoss auf, der sei in den vergangenen Wochen drei Mal ausgeraubt worden. Oben in der Wohnung angekommen, brauch ich erst mal ein

Bier. Die Hausbeleuchtung repariere ich in nächsten Tage selbst, nehme ich mir fest vor.

Den Wachmann zog man übrigens ein paar Tage später wieder ab, der Pelzladen selbst hielt auch nicht lange durch.

„Schlagloch" nannte sich der alternative Infoladen im Hinterhof der Kamenzer Straße 17.
Mit „KWV" wurde die Kommunale Wohnungsverwaltung abgekürzt, die den Großteil der Dresdner Wohnungen kontrollierte.

Kohlen klauen

Oktober 2013

Ich drücke mich mit dem Rücken an die Hauswand. Im Durchgang baumelt die Lampe flackernd im Novemberwind. Bis sie ganz erlischt. Nähern sich da Schritte? Wenn die hier einen Wachposten ... Das Geräusch kommt näher – Polizei? Die verhaften mich gleich als Komplizen.

Wurde es Herbst, zog in den 1990er Jahren ein unverkennbarer Brandgeruch über der Neustadt auf. Das rührte von der Braunkohle her, mit denen die Bewohner vorwiegend noch heizten – im billigen Dauerbrandofen, der zwar schnell warm, aber ebenso schnell wieder kalt war, oder im luxuriös gestalteten Kachelofen. Meine Bleibe auf der Königsbrücker bot sogar den Luxus eines Badeofens. Es kann kaum ein romantischeres Badeerlebnis geben. Wurde das Wasser etwas kälter, legte ich einfach ein Brikett nach. Einige Zeit später war die Wanne wieder richtig heiß. Und hinreichend voll, um den Kohlenstaub von den Händen zu waschen.

Um diese Öfen zu heizen, braucht es natürlich Kohle. Die besorgte ich mir normalerweise mit einem Begleiter. Mit dem Leiterwagen zogen wir um die leerstehenden Häuser, um die Keller zu plündern. Gehört ja keinem … Nach ein bis zwei Stunden hatten wir in der Regel Kohle genug für die nächste Woche. Zwar, das Geschäft war recht mühselig. Als ein Hausbewohner verkündet, er habe einen riesigen Haufen herrlicher Briketts gesehen, spitzen wir natürlich die Ohren. Schon für die folgende Nacht sei einen Kleintransporter organisiert.

Nun stehe ich also an dieser Hauswand an der Böhmischen Straße. Die anderen schaufeln, was das Zeug hält. Nur leider ist das hier kein leerstehendes Haus mit herrenlosen Kohlen in Kellern ohne Besitzer. Zwischen mir und den Braunkohlebriketts liegt ein Zaun. Und der gehört zur alten Lederfabrik. Die Jungs sind drübergeklettert.

Ruft plötzlich einer: „Hört auf!“ In Gedanken sehe ich mich schon mit Handschellen auf dem Polizeirevier sitzen. Von wegen, der Entdecker des Kohlenhaufens hat eine noch viel bessere Entdeckung gemacht. Auf einem Anhänger liegen mehrere Zentner Kohlen in Säcken. Im Nu sind die abgeladen, über den Zaun gehievt und im Kleintransporter verstaut. Eine Viertelstunde später kurven wir dreimal um die Ecke, und die Kohlen plumpsen aus den Säcken in unsere Keller.

Ich sehe wohl etwas blass aus. Der Transporter-Fahrer stupst mich an: „Die Vopos haben andere Sorgen – außerdem, die Fabrik ist doch Volkseigentum und wir, wir sind doch das Volk!".

Hinterhaus im Dornröschen-Schlaf

November 2013

Mein erster Termin an diesem Tag liegt weit vor der für die Neustadt typischen Aufstehzeit. So spaziere ich an diesem Morgen mal ganz in Ruhe durch das erwachende Viertel. November-Föhn umweht mein Haar, gewagt öffne ich den Reißverschluss meiner Jacke ein wenig.

Der Blaumann scheint die Anzugsordnung des Morgens zu sein – die Hausmeister müssen sich vor den Hauseingängen verabredet haben. Auf dem Alaunplatz harken zwei Damen im Auftrag der Stadt den Spielplatz sauber. Währenddessen stromern die Kids aus Tannen-Gorbitz hoch droben, wegen seiner neuen, teuren Einheitshäusern auch „Volvo-Ghetto" genannt, über die Wiese – Zielrichtung 15. Grundschule auf der Görlitzer Straße.

Es dämmert, und der Bischofsweg belebt sich, an der Schauburg-Kreuzung rollt schon ordentlich der Berufsverkehr. Ich biege vorher ab, eine offene Tür lockt mich zum Bischofsweg 16. Dort war früher ein Anglerladen, später ein Malerfachgeschäft, jetzt gibt's hier russische Spezialitäten. Wie ich den Hof betrete, fühle ich mich in die Vergangenheit zurückversetzt. Die Stufen zum Hintereingang sehen beinahe aus wie vor zwanzig Jahren. Mir stehen die einstigen Bewohner vor Augen. War der Seitenflügel damals schon unbewohnt? Keine Ahnung. Wie auch immer, holt sich die Natur das Haus mit aller Gewalt zurück. Das Haus ist vor lauter Baum nicht mehr zu sehen. Ein paar Schritte weiter erinnert eine orientierungslose Satellitenantenne an einstige Bewohner.

Ich verlasse den heimlichen Ort, ziehe das Gittertor hinter mir zu und hoffe, dieser verwunschene Ort der Erinnerung bliebe noch ein paar Jahre bestehen.

Tannen-Gorbitz: Gorbitz ist ein Stadtteil von Dresden, der vor allem für seine Plattenbau-Blocks bekannt ist. Und die Tannen weisen auf die benachbarte Tannenstraße hin.

Von falschen Miethaien

März 2014

Es begab sich zu einer Zeit, da noch viele, viele Wohnungen, ja ganze Häuser in der Neustadt leerstanden. Als die Görlitzer Straße noch Allee hieß und die Anzahl der Kneipen fast an zwei Händen abzuzählen war. In einem stattlichen Haus an der Königsbrücker Straße wohnten ein paar junge Leute mit recht wilden Manieren. Doch eines schönen Frühlingstages tauchten sie plötzlich auf: Männer in Anzügen, mit weißem Kragen und Aktenkoffern. Sie brachten ein Firmenschild an einer Wohnungstür an.

Den jungen Leuten ward es unbehaglich, ihnen dämmerte, wenn jetzt schon Büros eingerichtet werden, steht der Vermieter bald vor der Tür. Der will dann gewiss einen Vertrag oder Geld sehen. Und die schöne kostenlose Zeit ist vorbei.

„Miethaie zu Fischstäbchen“, prangt der Spruch im Treppenhaus, mit roter Farbe in fetten Lettern hingesprüht. Innerhalb der Wohngemeinschaft wurde diskutiert, ob das nicht kontraproduktiv sei. Die Männer in den Anzügen lachten nur darüber. Bis auf gelegentliche Beschwerden über die Lautstärke waren sie recht umgänglich. Sie fielen gewissermaßen gar nicht auf.

Eines Tages steht Polizei vor der Tür. Einer der jugendlichen Bewohner fürchtete das Schlimmste. Ist sein Zimmer geräumt? Fanden die Beamten vielleicht ein paar Gräser? Wo soll er nun wohnen? Vorsichtig tappst er die Treppe hoch. Doch was ist das? Die Arme voller Aktenordner, kommen ihm Polizisten entgegen – die waren gar nicht in der Wohngemeinschaft, die besuchten das „Büro“. Von den Männern in Anzügen keine Spur. Auf die vorsichtige Frage, warum?, entgegnet einer der Polizisten lachend: „Das war die Zentrale der Pyramidenspieler“, und nicht ohne Stolz: „Die sind jetzt Vergangenheit.“

Ein paar Wochen später sollte auch die WG Besuch von der Polizei bekommen, aber das ist dann schon wieder eine ganz andere Geschichte …

Beim Pyramidenspiel zockten windige Geschäftsleute Anfang der 1990er Jahre die Ossis ab.

Die Flucht der Kurzhaarigen

April 2014

Stille. Ich stiere in die nächtliche Louisenstraße. Hier oben im Dachgeschoss am Fenster habe ich einen guten Überblick. Nichts. Kein Mensch zu sehen. Ein Knarzen. Dann verrauscht, aber gut zu verstehen: „Achtung, auf der Kamenzer tut sich was!“ Ich stiere etwas genauer. Kurz vor der Prießnitzstraße scheint sich etwas zu bewegen. Ein paar dunkel gekleidete Gestalten huschen dicht an der Wand entlang in Richtung Kamenzer. Das Funkgerät meldet sich wieder: „Drei Autos mit Birnen an der oberen Kamenzer gesichtet“.

Das ist mein Signal, ich wecke noch zwei Leute und gemeinsam eilen wir los – Richtung „Schlagloch“, dem Info-Laden. Mit einem Überfall hatten wir an diesem Freitag schon gerechnet, doch nun treibt das Adrenalin und der schnelle Gang den Puls nach oben. Am Schlagloch ankommen, ist dort noch alles ruhig, im Hof haben sich schon etwa 30 Leute versammelt. Die „Birnen", wie wir die kurzhaarigen Neonazis nennen, sollen sich angeblich am Alaunplatz, in Höhe Nord-Pol, sammeln. Gespannte Stimmung in der Luft. Um mich herum junge Burschen mit Handschuhen und Kaputzen auf dem Kopf, ich sehe Knüppel und grimmige Gesichter.

Anfang der 1990er Jahre war die Neustadt ein beliebtes Ziel kahlköpfiger Krawall-Brüder. Neonazis erkannte man damals noch ganz einfach an Schnürstiefeln, Bomberjacke und Glatze. Wochenende um Wochenende kamen sie her. Besetzte Häuser wurden überfallen, aber auch Szene-Kneipen.

Die „Bronxx" zum Beispiel brannte nach einem Überfall aus. Das war das Ende für die Kultkneipe, noch Jahre später erinnerten die zugemauerten Fenster an den Vorfall. In der Kneipe neben dem Projekttheater, die heute Pinta heißt, musste ich mal einen Überfall im Keller erleben. Wir hatten Glück, der Molotow-Cocktail war beim Wurf erloschen. Ein beliebtes Ziel für Angriffe war auch der Info-Laden „Schlagloch", der sich auf der Kamenzer Straße im Hinterhaus befand. Bei einem Überfall ging eine Wohnung im Vorderhaus in Flammen auf.

Irgendwann beschlossen die Neustädter: Das lassen wir uns nicht länger gefallen! Jemand organisierte CB-Funkgeräte, die wir an neuralgischen Punkten im Viertel verteilten. So behielten wir die „Birnen" im Blick. Und heute setzen wir ihnen was entgegen.

Im Hinterhof der Kamenzer Straße ist die Stimmung angespannt. Einige wollen direkt loslaufen. Doch das bringt nichts, dann springen die gleich wieder in ihre Autos und sind weg. Wir warten. Die Vordertür klappt. Ein Ruf. Wir stürzen nach draußen. Dort treffen wir auf vielleicht zwanzig Glatzköpfe. Die sind überrascht. Mit Gegenwehr haben sie nicht gerechnet. Ihr Angriff verreckt schon im Ansatz, schon weichen sie zurück, dann schneller, schließlich rennen sie wie die Hasen.

Das lange Aufbleiben hat sich gelohnt. In den nächsten Nächten trauen sich die Glatzen nur noch im Auto-Konvoi durch die Neustadt. Die Lust, Häuser und Kneipen gezielt zu überfallen, ist ihnen gründlich vergangen.

Im Knöllchen-paradies

Juli 2014

Mit einem Freund sitze ich vorm „Zille". Kchrks. Schrmp. Polter. Klack, Vorwärtsgang rein und ab die Post. Ich springe empört auf. Fährt doch ein Teilnehmer des motorisierten Individualverkehrs mein Rad einfach um und will sich aus dem Staub machen!

Sekunden zuvor noch amüsierte uns der Mann, wie er einem Gecken gleich die Görlitzer Straße entlangstolzierte, den Kragen seines Polo-Hemdes schick im 90er-Yuppie-Style nach oben geklappt, mit herunterwallendem halblangen Haar. Doch gilt das Schmunzeln nicht nur dem Gang des Mannes, sondern dem, was er noch nicht weiß: Unter dem Scheibenwischer seines Autos steckt ein Knöllchen, vor ein paar Minuten geklemmt.

Das Stückchen der Promenier-Meile ist aber auch zu verlockend. Am Anfang der Görlitzer verkündet ein

Schild noch: Parken verboten! Nur wenige Meter weiter, etwa in Höhe des „Lebowski“, ein weißes P auf blauem Grund samt Zusatz „Mit Parkschein erlaubt“. Erspähen die Vergnügungssüchtigen im Neustädter Einbahnstraßengewirr ein freies Plätzchen an der Seite, schnipsen sie hinein. Manchmal weise ich sie auf das Parkverbot hin. Mal ernte ich Schulterzucken, mal dankbare Blicke. Die richtig dreisten Macker lassen ihre Karre gleich auf der anderen Seite neben den Gleisen stehen.

Heute erleben wir Politessen in Aktion. Sie stecken, knipsen und schreiben auf, es ist die wahre Freude. Die Damen in Blau wollen schon weiterziehen, da schwenkt einer ein in die verbotene Lücke ... Die Gäste vor den Kneipen gestikulieren: Schau mal, die dort, die kontrollieren! Der Warnung zum Trotz steigt der Fahrer aus. Die Politessen machen kehrt, sprechen ihn an – Glück gehabt. Der Mann steigt ein und braust weiter. Das Spiel wiederholt sich mit unterschiedlichen Fahrzeugen noch drei Mal. Dann ist es wohl Zeit für den Feierabend.

Die Ordnungshüterinnen schwirren ab, dafür schwirrt besagter hochgekragter Geck vorbei und steigt in seinen Wagen. Mein Fahrrad kann er im Vorübergehen gar nicht übersehen haben, es steht direkt hinter seinem Kombi. Der Geck stößt zurück, es knirscht, der Drahtesel fällt. Ich springe auf, und es gelingt mir, ihn aus seinem Wagen zu locken. Mein Rad steht nicht mehr, der Ständer ist verbogen. Nicht schlimm eigentlich, aber eine Entschuldigung wert sollte es ihm schon sein. Stattdessen blafft er mich an: „Du kannst da jetzt wegen 2,50 Euro auch einen Versicherungsfall draus machen!“ Mir fehlen die Worte, da hat er sich schon in seinen Wagen geschwungen und ist von dannen gerauscht.

Nächster Abend, dieselbe Stelle: Ein weißer Polo braust heran, die Tür fliegt auf. Ein Mann in Blau springt heraus, eilt über die Straße und zückt die Kamera. Auf der anderen Straßenseite kommt Bewegung ins Café. Eine Frau, das Handy am Ohr, strebt ihrem Wagen zu. Doch der Blaue ist schneller, der Kleinwagen ist abgelichtet, notiert – Strafe folgt per Post.

Die südliche Görlitzer Straße ist bei Falschparkern besonders beliebt. Zwischen den Kneipen und Imbissen ist stets viel Verkehr, und statt Straßenbahnstreichlern sorgen nun neuerdings wieder Einparker für Verzögerungen im gelben Schienenverkehr. Genau aus diesem Grund besteht zwischen „Lebowski“ und Kreuzung auch ein Halteverbot. Anwohner wissen das und halten die Lücke brav frei. Was den freien Streifen nicht davon abhält, weiter Begehrlichkeiten zu wecken. Lauffaule Kneipenbesucher stellen ihre Vehikel gern dort ab und sind dann von den weißen Zetteln überrascht. Nein, es nützt nix, einen Parkschein hinter die Scheibe zu legen, hier ist Halteverbot. Ich beobachte dieses Treiben wie gesagt gern, erlaube mir gelegentlich ein Späßchen und kläre über die Rechtslage auf. Doch manchmal kommt alles ganz anders.

Ein schniekes Weib braust im luxuriösen Kleinwagen heran, schert ein und parkt ihr Wägelchen im Halteverbot. Zielsicher strebt sie zur nächsten Bar. Die kennt sich aus, die muss ich nicht warnen, denk ich bei mir. Und wie die sich auskennt: Das Ordnungsamt dreht die erste Runde, wie ein Blitz ist sie zurück und braust davon. Tempo 30?, nicht für sie. Wenig später kreuzt sie mit ihrem kleinen Flitzer wieder auf, parkt fast an gleicher Stelle und eilt zurück zu der Bar. Nur macht sie diesmal die Rechnung ohne die Dresdner Polizeibehörde. Ein cleverer Blauer hat sein Foto schon im Kasten. Das Knöllchen steckt er diesmal nicht hinter den Scheibenwischer. Er betritt die Bar und legt es der Flotten lässig auf den Tisch. Ist das ein Service? Na ja, vielleicht muss sie jetzt auch mehr zahlen, der Vorsatz gilt für mich als erwiesen.

Das Problem mit der Wasserpfeife

November 2014

Es poltert. Schlaftrunken hebe ich die Augenlider. Mein Blick schweift über ein paar schnarchende Gestalten in Schlafsäcken, einen abgeranzten Kachelofen, zwei Polizisten, eine offene Tür – und eine riesige Wasserpfeife.

WAAAAHHH!

Mit einem Schlag bin ich hellwach und starre zur Tür. Tausende Fragen schießen mir durch den Kopf. Muss ich jetzt in den Knast? Ist der Traum schon am ersten Tag aus? Welcher Idiot brachte die Wasserpfeife mit? Sind da noch Haschisch-Reste drin? Das müssen die Herren in Grün doch riechen? Und sollte ich nicht besser aufhören, die Polizisten anzustarren, das ist doch total verdächtig.

Aus weiter Ferne tönt in angenehm freundlichem Bariton: „Polizeiobermeister sowieso, ist hier alles in

Ordnung?" Alles in Ordnung? Nimmt der mich auf den Arm? In meine Panik mischt sich Belustigung. Wie die beiden da in dem Türrahmen stehen – der eine stämmig und grimmig, der andere so lang, dass er den Kopf unter dem Türbalken leicht schräg halten muss. Jener sprach mich auch an. Die anderen im Raum bekamen nichts davon mit, einige schnarchen noch immer. Ich sollte dringend antworten.

„Ja. Alles okay."

Zittert etwa meine Stimme? Kommen die jetzt rein? Schauen die hinter die Tür? Warum werden die anderen nicht wach?

Wir schreiben das Jahr 1992 und die 3. Bunte Republik. Ein paar Leute vom Schwarzen Schaf e. V. beschließen: Wir besetzen das Haus in der Louisenstraße 44. Als die wohl bravsten Hausbesetzer der Welt hatten wir die Polizei zuvor in einem freundlichen Anschreiben auf unsere Aktion hingewiesen. Darin verpflichteten wir uns, nach der BRN-Feier wieder auszuziehen, die Besetzung sei nur eine Demonstration. Das Gebäude gehörte der Stadt und dämmerte vor sich hin. Den Verein hatten wir gegründet, um das uralte Häuschen, Baujahr um 1850, zu retten. Ein Wohnprojekt mit Kultur wollen wir an dieser Adresse etablieren. Doch die Stadt wies uns ab, und so kommt der BRN-Jahrestag gerade recht für unsere Demonstration.

Am Freitag ist der Raum notdürftig so hergerichtet, dass wir darin übernachten können. Am Abend feierten wir, und jemand brachte wohl diese Wasserpfeife mit. Mein Blick irrt immer wieder zu ihr hin. Der Lange, nett lächelnd, spricht weiter: „Wir schauen nur mal vorbei, am Montag wollten Sie ausziehen?"

„Ja, klar. Haben wir doch versprochen. Wir räumen auch wieder auf."

Keine Ahnung, wie die Worte aus meinem Munde kommen, hoffentlich wacht jetzt keiner auf und bekommt Panik. Der lange Polizist lächelt weiter. Wollen die nicht endlich mal wieder gehen? Es ist doch alles gesagt? Der kleinere, der mit dem grimmigen Blick, schaut in die Runde. Mir scheint, er würde uns lieber gleich rausschmeißen, zur Sicherheit. Bei dem Hausbesetzergesocks weiß man ja nie. Sagen tut er nichts. Auf seinen Schulterklappen ist auch ein Stern weniger. Eine Ewigkeit geht ins Land.

„Ich würde Ihnen ja Kaffee anbieten, aber wir haben kein Wasser." Bin ich total bekloppt? Was rutscht mir da wieder an Worten heraus? Doch der Satz funktioniert. Der Lange wird dienstlich: „Ja, wir müssen dann auch mal wieder – Ihnen noch eine schöne BRN – und vergessen Sie am Montag das Ausziehen nicht." Die Tür fällt ins Schloss, und die Beamten poltern die Treppe hinunter. Außer mir ist noch immer keiner wach. Habe ich geträumt? Neben mir regt sich was. „Haste ja cool gelöst", macht eine Mitstreiterin die Augen auf. Sie schien alles mitbekommen zu haben, hielt sich aber vornehm zurück. Die ganze Anspannung löst sich bei mir, ich brülle: „Welcher Idiot hat die Shisha da hingestellt? Warum schloss niemand die Haustür ab, wir hätten alle einfahren können!“ Sie grinst: „Wenn du so weiter brüllst, kommen die Typen in Grün bestimmt gleich wieder.“ Und ich solle mich mal entspannen, es sei ja schließlich gar nichts passiert. Und in der Shisha, der Wasserpfeife, hätten sie gestern Abend doch ohnehin nur Tabak geraucht.

An unser Versprechen, am Montag wieder auszuziehen, hielten wir uns. Um im Herbst wieder einzuziehen, und diesmal dauerhaft. In der Zwischenzeit hatten wir der Stadtverwaltung einen Mietvertrag abgehandelt.

Das Wohnprojekt „Schwarzes Schaf“ gibt es noch immer.

Wie der Kommerz in die BRN kam

Dezember 2014

Die Kasse ist leer, die Bierkästen sind's auch. Die Wut treibt mir eine Zornesfalte auf die Stirn. Doch keiner ist da, den ich anschreien könnte. Im Hof sitzen fremde Leute. Der Bursche, der eigentlich das Bier verkaufen sollte, schnarcht volltrunken in einer Ecke. Grimmig sammle ich das Leergut ein. Vier Kästen bekomme ich voll, ich packe sie auf einen Leiterwagen und ziehe los.

1992, in der Neustadt wird die 3. Bunte Republik ausgerufen. Mit ein paar Freunden hatten wir spontan ein Haus auf der Louisenstraße besetzt. Die Wachtmeister schauten auch schon vorbei und wiesen freundlich darauf hin, wir möchten bitteschön bis Montag wieder verschwinden. Wir nickten eifrig und fühlten uns geduldet. Die richtige und erfolgreiche Besetzung des Hauses sollte erst später im Jahr erfolgen. Wir verstanden uns als Instandbesetzer. Ziel war, das leerstehende Haus wieder bewohnbar zu machen. Und die knappen finanziellen Mittel wollten wir durch den Verkauf von Gerstensaft etwas aufpeppen. Soweit der Plan.

Nun stehe ich vor den Scherben unserer Anfangsinvestition. Jeder hatte einen Zehner gegeben, und wir hatten das Bier gekauft. Nur mit dem Verkaufen funktionierte es nicht. Der inzwischen schnarchende Mitstreiter hatte sämtliche Vorräte verschenkt.

Ich also unterwegs mit den leeren Bierflaschen im Leiterwagen. Ein paar Schritte die Straße hinunter die Familien-Einkehr Hebeda's, damals noch im hinteren Bereich mit Straßenverkauf. Für kleines Geld tausche ich mein Leergut in volle Flaschen und zuckele zurück zur Louise. Ich komme nicht weit, auf der Rothenburger Straße jede Menge Menschen, durstige Menschen. Mit einer riesigen Gewinnspanne verkaufe ich die Flasche Bier für zwei Mark. Es wird mir förmlich aus den Händen gerissen. Bis zur Ecke an der Louisenstraße sind meine vier Kästen leer. Ich kehre um, schnappe mir das herumliegende Leergut und rumple zum Hebeda's zurück.

Nach etwa zwei Stunden reicht's mir mit dem Sammel- und Verkauf-Geschäft. Aus dem Gewinn zahle ich die Investoren aus, und in die Sanierungskasse fließt noch ein erkleckliches Sümmchen. Das dient später der Toiletten-Reparatur.

Handtaschen-Krieg

März 2015

Sie schreit Zeter und Mordio. So viel Kraft und Lautstärke hätte ich ihrer Stimme gar nicht zugetraut. Die Frau muss doch schon mindestens 70 Jahre sein. „Helga", schreit sie und „Du elende Schlampe!" Helga, die Schlampe, ist nicht viel jünger, sagt aber kein Wort – ihr Blick funkelt und dann: Rumms, sie schleudert ihre Tasche der Schreienden mitten ins Gesicht. Die schreit nun noch lauter und stürzt nach vorne, krallt sich in den Haaren fest. Dann liegen beide am Boden, wälzen sich. Das alles hat nur Sekunden gedauert. Ich bin noch ganz verdattert, will denn keiner einschreiten? Doch als ich mich von meinem Stuhl erheben will, drückt mich eine schwere Hand wieder nach unten: „Lass mal, mein Junge, geht dich nichts an."

Wir schreiben das Jahr 1991, und ich sitze im „Pferd“ – so haben wir das „Goldene Hufeisen“ immer genannt, eine waschechte DDR-Kneipe, damals vermutlich Preisklasse I. Sie hatte die Wende überlebt und war im Volksmund als „Happeldiele“ bekannt. Für uns Neuzugezogene war es nur kurz das „Pferd“, und ich mochte die Kneipe nicht. Ich trank lieber in der „Konni“, der Konzertklause. Aber heute hatte mich ein merkwürdiger Schweizer überredet.

Diesen Schweizer hatte irgendwer aus unserer Wohngemeinschaft bei einem Konzert aufgelesen, und seit dem Aufwachen ging mir dieser Typ gehörig auf den Sack. Ich solle ihm gefälligst die Stadt zeigen und etwas gastfreundlich sein. Das passte mir und meinem Kater vom Vorabend nun so überhaupt gar nicht, aber der Schweizer ließ keine Ruhe. Also latsche ich mit ihm zur Eisgrotte, spendiere ein Frühstück, und endlich stehen wir vorm „Pferd“. Hier müssen wir rein, tönt er, das ist cool, das ist original Osten. Genervt trotte ich hinterher. Ich mag den Laden nicht. Der Gestank vom Klo ist mir immer zu derbe, und der Wirt sieht nicht vertrauenswürdig aus.

Doch dann sitzen wir – zwei Pils, zwei Kurze.

Und das, obwohl mein Katerchen doch gerade eingeschlafen war. Der Schweizer nimmt sein Bier, süffelt schmatzend den Schaum ab und hebt den Klaren. Ich auch – doch dann schüttet er den Korn ins Bier. Igitt! Warum? Nun folgt ein halbstündiger Vortrag über seine

Spezialerfindung, Klarer im Pils für mehr Umdrehungen. Er hatte auch einen ausgeklügelten Namen dafür erfunden. Doch den vergesse ich gleich wieder – viel zu sehr beeindrucken mich die beiden Damen, die nun verkeilt auf dem Boden liegen.

Die schwere Hand auf meiner Schulter – die des Wirtes. „Die müssen da was klären", sagt er. Beide haben sich wieder aufgerappelt. Die Schweigsame, also Helga, hat ein Kleid an, so ein richtiges Oma-Kleid, in dunklem Violett mit Rüschenkragen – das ist jetzt ein bisschen verrutscht, man sieht die Löcher in der Strumpfhose. Ihre Haare stehen in alle Richtungen ab. Die andere ist die alte Kretzschmer, die habe ich auch in der „Konni" schon ab und an gesehen. Sie blutet aus der Nase und sie steht schief. Ein Absatz ist abgebrochen. Jetzt schreit sie nicht mehr. Ihre Finger spannen sich um ihre Tasche. Wie auf Kommando springen beide wieder vor, schleudern mit den Armen, die Taschen krachen aneinander. Kunstleder platzt auf, Kippen, Deospray, Haarbürste, Tabletten, ein Flachmann und Kleingeld poltern zu Boden. Verwirrt schaut Helga zu Boden. Die Gelegenheit nutzt die Kretzschmer und kracht ihr die flache Hand ins Gesicht. „Nimm das und lass die Finger von meinem Peter!" Sie wischt sich die blutende Nase mit dem Handrücken ab und stolziert merkwürdig hinkend von dannen.

Der Wirt hilft beim Auflesen des Handtascheninhaltes, und in der Kneipe setzt wieder ganz normales

Geplauder ein. Der Schweizer stößt mich an, was war denn das? Ich kippe meinen Schnaps runter, bestelle neu: zwei Pils, zwei Kurze. Liebe, philosophiere ich, Liebe und Leidenschaft – wer hätte gedacht, dass ich im „Pferd" so etwas erleben darf.

Die Kneipe hat noch in den 90er Jahren zugemacht. Als eines der ersten Häuser wurde das Gebäude auf der Alaunstraße saniert, bekam einen prima rosa Anstrich und horrende Mietpreise. Später residierte hier ein italienisches Restaurant und seit ein paar Jahren eine Bar mit Molekularcocktails. Von derartigen Handtaschenschlachten ist mir aber nichts mehr zugetragen worden.

Frühstücken im ReiterIn

Juli 2015

Die Tür geht auf. Ein Kerl füllt den Rahmen aus. Haare, schwarz und fettig, bis zu den Schultern. Unwirsch schiebt er den Vorhang beiseite. „Ein Hefeweizen, zwei Pils und drei Wodka!“, donnert er in den Raum. Die übrigen Gäste, denen sonst nix schräg genug sein kann, schauen pikiert von ihren Tellern auf. Kurz vor 12 Uhr, beste Frühstückszeit.

Inzwischen hat sich der Hüne, groß und breit, in den Raum geschoben, findet vor dem Tresen einen freien Tisch, schnappt sich einen Stuhl, lässt sich fallen, und ...

Mit Unheil verkündendem Krachen bricht das Sitzmöbel zusammen. Die zwei Burschen, die er im Schlepptau hat, lachen lauthals los. Mir ist merkwürdig zumute. Doch er rappelt sich schnell hoch: „Wollt ihr mich loswerden, haha, nicht geglückt, wo bleibt mein Hefe?" Ich eile, bin Frühstückskellner.

Wir schreiben das Jahr 1993, und der oder die „ReiterIn" hat sich seit ein paar Wochen von einer chronisch defizitären Künstler-Spelunke in ein hochprofitables Szenelokal verwandelt. In diesem Hort des Frühkapitalismus verdiente ich mir damals im wahrsten Sinne des Wortes meine Brötchen. Blieben vom Frühstück welche übrig, durfte ich die mitnehmen. Aber meist war extrem scharf kalkuliert, und so blieben für vier Stunden Frühstücksdienst nur 40 Mark plus Mini-Trinkgeld. Die damals dort versammelte Neustadt-Bohème zeigte sich ziemlich knausrig.

Die Karte war überschaubar, es gab vier verschiedene Frühstückssorten, süß und herzhaft, groß und klein. Sperrten wir um 11 Uhr die Eckkneipe auf, strömten die Rauchschwaden vom Vorabend hinaus und die Leute herein. Gewöhnlich waren um viertel zwölf alle zehn Tische besetzt. Mit Ausnahme des Kellnertischs am Ofen. Der war stets reserviert für Rauchpausen des Personals und für deren Freunde.

In der Küche wurde gerödelt. Die Salami und der Kochschinken waren schon geschnitten, die Butter portioniert, zwei große Pötte mit Quark und Joghurt angerührt. Kleine Schälchen mit Marmelade und Honig und, ganz extravagant, mit Nutella (Neuheit!) gefüllt. Eier gab es hart oder weich, Kaffee schwarz oder weiß und natürlich gefiltert. Gegen Ende der Schicht wurde der manchmal etwas dünner. Statt immer wieder den Filter wechseln zu müssen, schippten wir beim Aufguss ein paar Löffel Tchibo-Pulver drauf. Das Publikum war in der Regel mittelstark verkatert, dem fiel das nicht auf. Die meisten waren froh, wenn das Frühstück denn überhaupt kam, der letzte Tisch wurde erst kurz vor halb eins bedient.

Und genau in diese heiße Phase platzen nun meine drei trinkfreudigen Gäste. Wie sich herausstellt, sind die gar nicht verkatert, sondern kommen geradewegs von einer Techno-Party im alten Panzerhof. Bier und Wodka stellen sie für eine Weile ruhig. Doch dann zupft mir der Wortführer heftig an der Schürze. Mit Glück verhindere ich den Absturz von zwei Tellern, drei Kaffeetassen und einem Eierbecher. „Mach mal die rein", kommandiert Mann wie Schrank und legt mir auf einen der Teller eine Magnetband-Kassette. (Den jüngeren Lesern empfehle ich, den Begriff zu googeln.)

Ich schaffe das Geschirr in die Küche und starre auf das Tape: „Grateful Dead – was'n das für'n Hippie-Mist?" O, ich hab wohl etwas laut gedacht. Mit 'nem Affenzahn reißt der Typ seinen fetten Hintern hoch, der Stuhl kracht polternd durch die halbe Kneipe. Er schnappt sich sein Hefe-Glas und zielt in meine Richtung, ich kann mich gerade noch wegducken. Das Wurfgeschoss landet im Regal zwischen Jim Beams und Johnnie Walker, zerschellt an der Wand, und der Schaum folgt sabbernd der Schwerkraft.

Auf einen Schlag sind wir beide nüchtern. Mein Kellnerstress ist wie weggeblasen, und auch er schaut jetzt besänftigter drein. „Mach einfach die Musik an." Seine Kumpels lachen grölend: „Noch drei Wodka!" Wortlos stelle ich ihnen die Flasche auf den Tisch. „Bedient euch doch selber!", schnappe mir Scheuerhader und Schrubber. Ich komme gerade noch dazu, das Hefeweizen vom Boden zu wischen. Einer nach dem anderen will urplötzlich zahlen, und um 13 Uhr ist die Kneipe leer. Kann ich wenigstens in Ruhe auch das Regal putzen und mir dann gemütlich am Kellnertisch ein Zigarettchen drehen. Die drei Burschen haben inzwischen den Blues. Die Wodka-Pulle ist fast alle, und auf dem Zettel stehen schon mehr als zehn Biere. Den Frühstückskoch hab ich nach Hause geschickt, ich zähle die Minuten. Im Hintergrund rauscht der ... – „Hippiekram" sag ich lieber nicht nochmal laut.

Punkt 14 Uhr gehe ich zu den Dreien hin. „Jungs, ich will Schluss machen." Einer der beiden Kompagnons fragt nach der Rechnung – 83 Mark – und knallt mir grinsend Clara Schumann hin (wer's noch weiß, die schaute vom Hunderter). „Der Rest ist für die Unannehmlichkeiten – und wir nehmen ihn jetzt mit." Da lacht das Kellnerherz. Gemeinsam stemmen wir den Fetten hoch, und sie hieven ihn aus der Tür.

Nachspiel: Eine Woche später, kurz vor zehn. Wir bereiten gerade das Frühstück vor, da hämmert wer an die Tür. Ich öffne, vor mir der fette Hippie. Ganz nüchtern und schüchtern meint er nur: „Wollte mich nochmal entschuldigen wegen neulich. Muss ich noch was zahlen?“ Schon gut, meine ich, stecke ihm das Grateful-Dead-Tape zu und grinse: Musikmäßig demnächst keine dankbare Toten mehr in diesem Lokal.

Noch 'n Nachspiel: Das Kneipchen musste später von der Ecke Sebnitzer/Kamenzer Straße weichen. Nach kurzem Gastspiel im Stadtteilhaus in der Prißnitzstraße lebte es auf der Görlitzer nochmal richtig auf, um dann endgültig zu schließen.

Punkrock Christmas

Dezember 2015

Und plötzlich ist alles schwarz. Dunkel. Kurze Stille. Dann verwunderte Stimmen. Plötzlich laut: Leute, bleibt mal leise – die Bullen sind gleich hier. Die verwunderten Stimmen wispern nur noch. Wir lauschen. Im Hausflur schwere Tritte. An unserer Tür vorbei – nach oben. Dann wenige Minuten später, die gleichen Stiefel abwärts. Draußen startet ein Auto, und das Licht geht wieder an.

Wir schreiben das Jahr 1991. Mein erstes Weihnachten fern vom elterlichen Gänsebraten. Das musste natürlich alles ganz revolutionär sein. Aber wir hatten es nicht geschafft, das Fest ganz zu ignorieren. Irgendwer besorgte einen Weihnachtsbaum, den er dann verkehrt herum im Hausflur aufhängte und ihn mit einem guten Dutzend frisch abgebrochener Mercedes-Sterne verzierte. Die einzigen legalen Mieter im Haus, eine Familie mit kleinen Kindern, die hatte sich in den Winterurlaub verkrümelt.

Kurze Skizze – die Wohnung bestand im Wesentlichen aus fünf Räumen. Drei bewohnte Zimmer, eine Küche, ein Badezimmer, ein riesiger Flur. Die Toilette, o Luxus, befand sich in der gleichen Etage draußen an der Treppe.

Ab 22 Uhr trudelten die ersten Gäste ein, in der Küche köchelte ein riesiger Topf voller Nudeln auf kleiner Gasflamme vor sich hin und immer wieder zischend über. Im größten Zimmer lief die Musik. Irgendwer hatte den damals noch ziemlich aktuellen Song der Ramones „Merry Christmas" in einer Endlosschleife in den Kassettenrekorder gezwängt. Diverse Rauchgeräte wurden herumgereicht, die Luft war zum Schneiden dick. Kurz nach Mitternacht rissen wir die Fenster auf, schrien unsere weihnachtliche Liebe auf die gerade frisch rückbenannte Königsbrücker Straße.

Dann begann das Dilemma mit dem Slammern, das hatten wir uns von Feeling B abgekuckt. Es galt Tequilla und Sekt zu kombinieren. Die Folgen waren verheerend. Als der erste große gelbe Fleck sich langsam an der Wand nach unten bewegte, brachen wir auf. Ins nächste Zimmer. Dort stand ein Schlagzeug, ein Bass und eine E-Gitarre mit Verstärker. Nur Sekunden später verwandelte sich das winzige Zimmerchen in eine Live-Konzerthalle mit maximal zwei Akkorden, hämmernden Drums und wildem Gekreische. Der Versuch „Jingle

Bells“ in der Sex-Pistols-Version zu intonieren, ging mächtig schief.

Dann die Dunkelheit. Die kleine Pause. Einer hatte mitgedacht und fix die Sicherung rausgedreht. Die Polizei im Hausflur war offenbar noch nicht auf Cannabis-Geruch geschult. Und der Party-Krach hatte sich soeben verflüchtigt. So können wir wenige Minuten später weiterfeiern. Ein kleines bisschen leiser. Die spontane Session ist beendet. Einen Tisch in den riesigen Flur gezerrt und, da auf einmal alle großen Hunger haben, der Topf mit den zerkochten Nudeln auf den Tisch gestellt.

Die Feier wird leiser, Gekicher ersetzt die Debatten, die Ramones-Kassette hat Bandsalat, und die ersten Schnarcher sind zu hören.

Grelles Morgenlicht. Kälte. Die Öfen sind ausgebrannt. Bestialischer Gestank. Blasse Gesichter um mich herum. Ich stolpere zwischen den Schlafenden, mag die gelben Flecken auf dem Boden gar nicht mehr zählen. Mein Schädel scheint zu platzen. Sehnsucht nach Orangensaft, ’ner Dusche. Doch die Wanne ist schon doppelt belegt und der Badeofen ohne Kohle auch kein Vergnügen.

Katerstimmung und trotzdem: Beste Weihnachten!

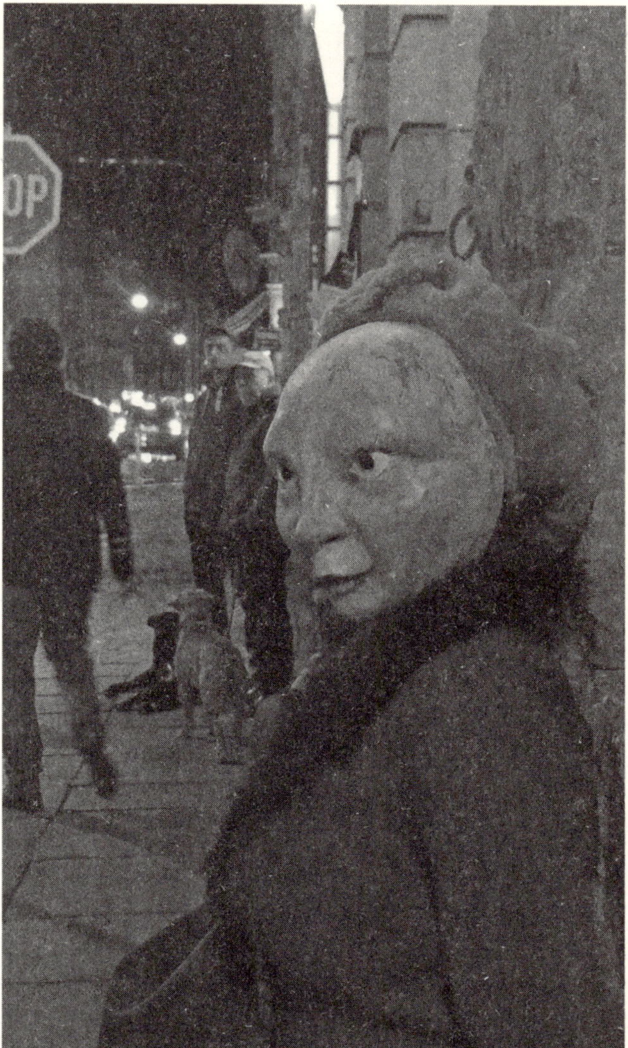
OP

Die Nacht der lebendigen Masken

Februar 2016

Ein lauer Februarabend. Ich stehe nahe der schiefen Ecke, wie die Kreuzung zwischen Louisen- und Görlitzer Straße auch hin und wieder genannt wird. Um mich herum bedrohliche Gestalten. Sie rücken näher und näher. Ich spüre schon förmlich ihre kalten Finger an meinem Kragen nesteln. Sie starren mich an. Kann ich entkommen?

Wild wende ich mich um und um. Überall diese Masken. Eyes Wide Shut, Stanley Kubricks letzter Film fällt mir ein. Werde ich jetzt verschleppt oder gar gemeuchelt? Oder ist das hier vielleicht eine unangemeldete Demonstration für den Erhalt der Phase IV? Die Maskenmänner und -frauen rücken näher und näher. Eine bläst mir imaginären Zigarettenrauch ins Gesicht.

Ich reiße mich los, springe über die Kette, stehe auf der Straße, herannahende Autos scheinen mir ungefährlich im Vergleich zu diesen Fratzen. Dann flammt ein Licht auf, eine Kamera blitzt in die Nacht, jemand lacht. Ich trete ein paar Schritte zurück und verfolge die Szenerie von der anderen Straßenseite. Etwa zehn bis zwanzig Personen haben sich teils in Kostüme gehüllt, alle tragen sie Masken. Manche schrill und bunt, einige hautfarben und erschreckend lebensnah und doch so unglaublich starr.

Die maskierte Truppe hatte sich aus dem Nichts auf der Louisenstraße, Ecke Pulsnitzer versammelt und schlenderte dann gemütlich die Louisenstraße entlang. Von der Ecke ging es dann weiter gen Alaunstraße und nun zum Albertplatz. Die Ordnungshüter zeigten sich spontan interessiert und gesellten sich mit ein paar blauweißen Autos hinzu. Nein, es handelt sich diesmal nicht um einen Antifa-Umzug, also ziehen sie schnell weiter.

Die Neustädter nehmen's gelassen, schon nach wenigen Minuten ist der Spuk wieder vorbei.

Hinter der gruslig-schönen Aktion stecken die Theaterbrigade und die Gesellschaft für überflüssiges Verhalten.

Die Sache mit dem Dreifach-Quietsch

Juni 2016

Ein Nachmittag – Berufsverkehr ist schon fast vorbei – ein dringender Termin drängt mich auf die andere Elbseite. Natürlich fahre ich zu spät los. Also Eile. Dann ein Ruck, Reifen-Quietsch und Motor aus. Beim Abbiegen von der Schönfelder in die Kamenzer habe ich doch fast die Radfahrerin übersehen, die von links kam. Stirnrunzelnd schüttelt sie ihr Haar und pedaliert mit erhobener Nase und wehendem Rock an mir vorbei.

Motor wieder an, die Kamenzer runter, vorm Mondpalast blockiert ein parkendes Auto die halbe Louisenstraße. Gibt's hier eigentlich nie Knöllchen? Dann Schlenker rechts, Schlenker links und Stopp, erneuter Reifen-Quietsch, aber noch rechtzeitig die Kupplung durchgelatscht. Ein kecker Bursche kommt mir auf seinem hornalten Drahtesel entgegen, freundlich lächelnd hüpft er mitsamt dem Rad auf den Bürgersteig, und ich kann weiter zischen.

Das untere Ende der Martin-Luther-Straße ist mal wieder verstopft. Irgendwie passt die Schräge der Schrägparker nicht zur Straßenbreite, der Platz reicht für entgegenkommende Fahrzeuge nicht aus. Am breiteren Ende stehen immer noch zwei vor mir. Ich überhole dreist und biege in zweiter Reihe auf die Bautzner ab, will ich doch gleich anschließend in die Weintraubenstraße links. Der Schleichweg zur Carolabrücke.

Doch was ist das? Reifen-Quietsch Nummer drei. Vor mir liegt und schreit ein junger Mann auf der Straße, über ihm kniet ein Polizist mit grimmiger Miene und Handschellen. Am Straßenrand, halb auf dem Gehweg, stehen mit offenen Türen eine Luxus-Limousine und ein Polizeiwagen schräg davor, ein zweiter Polizist telefoniert gewichtig. Ein zweiter junger Mann steht mit gesenktem Kopf daneben, die Hände auf dem Rücken. Habe ich hier das Ende einer Verfolgungsjagd erlebt? Der Polizeibericht am nächsten Tag schweigt sich zu dem Vorfall aus.

Weiter geht's über die Tieckstraße dem Abendrot entgegen. Am Ende der Straße steht ein Knirps mit Oma. Er streckt mir die Hand entgegen und ruft „Halt!" Diemal stoppe ich ohne Quietsch. Oma erkennt die Situation: „Der hält, wir können gehen." Ich schicke dem Knirps noch ein Lächeln hinterher, biege links ab und verlasse die Neustädter Gassen.

Die Neustadt-Weihnachtsgeschichte (nicht nur für Kinder)

In grober Anlehnung an Charles Dickens „A Christmas Carol"

Eberhard Schruhtz liebt es, wenn die Geldscheine zwischen seinen knochigen Fingern knistern. Ein hämisches Grinsen zieht sich dann über sein Gesicht, die faltigen Wangen frischen auf, und die tief in ihren Höhlen verborgenen Augen beginnen zu leuchten.

Heute trieb Schruhtz wieder einige Scheine ein. Die Hausbewohner mögen ihn altmodisch nennen, doch nur Bares ist Wahres: Die Miete holt er sich immer persönlich ab. Da kann er dann auch gleich mal einen Kontrollblick in die Wohnstuben werfen. Heute hielten alle den passenden Betrag bereit. Nur die olle Schmidten im Erdgeschoss, die hatte wieder kein Geld. Sie wand sich und wimmerte, Schruhtz solle ihr doch noch ein paar Tage Zeit geben. Schließlich sei doch bald Weihnachten, und ihre kleine Rente reiche weder vorn noch hinten.

Die Erinnerung an den Vorfall treibt Schruhtz mehrere Zornesfalten auf die Stirn – Weihnachten, wen interessiert das schon. Mit Strenge in der Stimme hatte er gemahnt: Morgen spätestens ist die Miete da, sonst müsse er die Polizei holen. Die Schmidten war in Tränen ausgebrochen, doch Schruhtz machte auf dem Absatz kehrt, solch Elend ist doch nicht mit anzusehen.

Nun sind die Einnahmen verbucht, und Schruhtz macht sich auf den Weg in seine Wohnung unterm Dach. Von seinem Fenster aus kann er die ganze Alaunstraße überblicken. Die funkelt im weihnachtlichen Glanz. Schruhtz zieht den Vorhang zu, auch dafür wollen die nur wieder Geld, brummelt er vor sich hin. Den Spendensammler hat er schnöde abgewiesen. Alle wollen mein Geld – murmelt er vor sich hin – aber sie bekommen es nicht, nickt er kichernd ein.

Maiers Geist

„Wach auf, Eberhard!" – Schruhtz schreckt hoch. Das kann nicht sein. Starr vor Schreck sieht er: In Lebensgröße steht sein alter Kompagnon Maier vor ihm. Mit dem hatte er sein Immobilien-Imperium in der Neustadt aufgebaut. „Du bist tot. Täusche mich nicht. Was willst du?" – „Dich warnen – drei Geister werden dich besuchen, hör ihnen gut zu, sonst ergeht es dir wie mir." Maier rasselt bedrohlich mit den Ketten an Armen und Beinen.

Schruhtz wacht auf. Ein Traum nur? Das Herz schlägt ihm noch immer bis zum Hals. Er genehmigt sich ein Likörchen, das beruhigt, und er gleitet in den Schlaf.

Der Geist der vergangenen Weihnacht

Das Fenster springt auf, der Wind reißt den Vorhang beiseite. Eiseskälte weht herein. Schruhtz reibt sich die Augen. Ein Kerl wie ein Baum, er füllt das ganze Zimmer und stößt an der Decke an. Schlampig gekleidet mit zerfetzten Jeans und einem ausgewaschenen Hemd. Sein Lachen dröhnt über die ganze Straße. „Ich bin der Geist der vergangenen Weihnacht. – Komm mit mir!" Er zerrt Schruhtz aus dem Bett und aus dem Fenster, der wehrt sich vergebens. Sie fliegen über die nächtliche Neustadt, der Himmel scheint sie aufzusaugen, alles dreht sich, sie wirbeln wieder herunter.

Die Weihnachtsbeleuchtung ist verschwunden, das Viertel mit Schnee eingepackt, aus den Schornsteinen raucht es, auf der Straße knattert ein Trabi einsam vor sich hin. Der mächtige Kerl setzt Schruhtz ganz sanft ab. Ich müsste jetzt frieren, denkt er. Stattdessen erschnuppert er einen seltsamen Duft wie von Kohleofen, von Waschmittel und merkwürdig vertraut von frischen Brötchen. „Sieh gut zu!", dreht der Kerl Schruhtz in Richtung Straße.

Eine Frau, vielleicht Anfang 30, schlendert heran. Sie stößt eine Tür auf. Schruhtz will sie zurückhalten, Das ist mein Haus! rufen, doch seine Hand kann nichts fassen, seinen Mund verlässt kein Laut. „Komm mit!“, fordert der Geist. Sie folgen dem Weib ins Haus. Hier sieht es schäbig aus, doch von oben sind Geräusche zu hören. Sie treten in eine Wohnung. Die Frau von der Straße hat eine Malerrolle in der Hand, neben ihr kratzt ein junger Mann den Dreck vom Fußboden. Schruhtz bleibt der Mund offen stehen: „Das bin doch ich“ – „Richtig“ lächelt der Geist. „Das bist du vor 25 Jahren, ein hilfsbereiter Kerl. Voller Lebensfreude.“ „Und die Frau“, stammelt Schruhtz. „Frau Schmidt, sie hatte dich hier aufgenommen, als du ein armer Student warst.“

Schruhtz erinnert sich, Anfang der 1990er war er nach Dresden gekommen, um zu studieren. Damals hatte er nichts, war bettelarm, er schüttelt sich, welch gruslige Erinnerung. Später hatte er erst lukrative Jobs angenommen, dann mit Maier in Immobilien investiert. Knallhartes Verhandeln und ein glückliches Händchen bescherten den beiden ein stattliches Vermögen. „Sieh hin!“, stupst der Geist Schruhtz an. Der junge Schruhtz hat sich verletzt, Blut tropft aus der Hand. Die Schmidt nimmt ein Tuch und kümmert sich um ihn wie eine Mutter. Ein warmes Gefühl der Geborgenheit erreicht den alten Geizhals. Der Geist packt ihn und wirbelt ihn zurück durch den Himmel ins Bett.

Schruhtz wacht auf, liegt schweißgebadet. Ein Traum nur? Ein zweites Likörchen, und er schläft wieder ein.

Der Geist der gegenwärtigen Weihnacht

Es donnert, ein Blitz zischt durch die Tür, die fällt mitsamt dem Rahmen polternd auf den Boden. „Ich bin der Geist der gegenwärtigen Weihnacht – komm und sieh, was ich dir zu zeigen hab."

Schruhtz mag sich schon gar nicht mehr wehren, der Geist reißt den Zitternden mit sich. Sie gehen die Treppe hinunter. Im Erdgeschoss ist die Tür nur angelehnt. Die alte Schmidt steht auf der Schwelle: „Morle, komm, die Milch ist warm", lockt sie. In der Hand hält sie einen Kochlöffel, eine schwarze Katze stromert heran. Schruhtz und der Geist folgen ihr ungesehen nach und schlüpfen in die Wohnung. Die Ausstattung ist karg, der Wasserhahn tropft, das Fenster klappert, es zieht.

Die Schmidt hat sich verändert, aus der lebenslustigen jungen Frau ist eine klapprige Alte geworden. Sorgenfalten zeichnen ihr Gesicht. Das einst so volle braune Haar ist dünn und grau geworden. Sie mummelt sich in ihren Bademantel ein und schiebt der Katze ihr Schüsselchen hin. „Ich kann es nicht bezahlen", murmelt sie, „und meine Enkel nicht ohne Weihnachtsgeschenk lassen. Wenn doch dieser fiese Kerl nicht jedes Jahr die Miete erhöhen würde." Sie nimmt ein Bild von der Anrichte. Ein Weihnachtsmann ist darauf zu sehen, zwei lachende Kinder auf dem Schoß. Eine Träne kullert über die hagere Wange.

Sie hustet schwer, stöhnt und fasst sich an die Brust. Morle entweicht. Die alte Schmidt wackelt ihr hinterher und sackt im Nebenraum mit einem Ächzen auf das Bett. Auch hier ist die Kälte zu Hause, die Heizung ist schon seit Wochen abgedreht. Die alte Frau zieht eine dicke Wolldecke an sich heran. Der Geist stupst Schruhtz an: „Wir müssen weiter!", packt ihn und schleppt ihn zurück in sein gemütliches Dachgeschoss. „Noch einen Besuch wirst du bekommen, pass gut auf!", mit diesen Worten entschwindet er.

Schruhtz wacht auf, die Bilder der alten Schmidt stehen noch ganz deutlich vor seinen Augen: Nur ein Traum? Er genehmigt sich noch ein Likörchen und schläft bald darauf ein.

Der Geist der zukünftigen Weihnacht

Grelles, gleißendes Licht. Schruhtz hält die Hand vor die Augen, er ist geblendet, kann nichts sehen. Eine schrille Stimme verkündet: „Das Ende ist nah – ich bin der Geist der zukünftigen Weihnacht." Nach einer Weile hat sich Schruhtz an die Helligkeit gewöhnt, erkennt die Umrisse und brummelt mürrisch: „Wo geht es denn diesmal hin?"

Statt ihm zu antworten, umfasst der Geist seine Hüfte und reißt ihn mit. Sie fliegen über die Alaunstraße davon, weiter westwärts, vor ihnen taucht ein Friedhof auf. „Nein!", schreit Schruhtz strampelnd, doch der Geist hat ihn fest im Griff. „Psst", bedeutet er so eindrucksvoll, dass Schruhtz nur noch leise jammert. Sie stehen vor einem frisch ausgehobenen Grab.

Ein paar Menschen haben sich hier versammelt, Schneeflocken fallen vom Himmel, der Pfarrer spricht die letzten Worte. „Viel zu früh", hört Schruhtz und „Lungenentzündung". Er liest die Inschrift auf dem Grabstein: Elfriede Schmidt ist keine 65 Jahre alt geworden.

„Erde zu Erde, Asche zur Asche, Staub zum Staube", sagt der Pfarrer, die Urne wird beigesetzt, und die wenigen Angehörigen ziehen am Grab vorbei. Doch Schruhtz wird geheißen, stehen zu bleiben. „Sieh es dir an!", brüllt ihm der Geist zu. Wie im Film ziehen die letzten Tage der alten Schmidt an Schruhtz vorbei. Er sieht, wie sie in Pantoffeln und Bademantel durch die Gassen irrt, immer wieder hustend. Er sieht Polizisten in ihrer Wohnung stehen.

Alles verschwimmt. „Das ist das Opfer deiner Gier. Denke daran!" Der Geist reißt Schruhtz mit, der Friedhof verwirbelt unter ihren Füßen.

Das Ende

Schruhtz wacht auf. Nur ein Traum? Panisch springt er aus dem Bett. Er hört die Schmidt unten husten. Noch ist es nicht zu spät. Erleichtert stürzt er die Treppe hinunter. Die Schmidt öffnet, mit Angst in den Augen. Doch der vermeintliche Geizkragen schenkt ihr ein liebenswürdiges Lächeln. „Die Miete? – Ach vergessen Sie's. Jetzt kommen Sie erst mal rauf ins Warme."

Später wird er der ollen Schmidten ein Likörchen spendieren und mit einem Arzt telefonieren. Noch später feiern sie gemeinsam das Weihnachtsfest. Schruhtz aber bleibt künftig von Albträumen aller Art verschont.

Danke

Auch beim zweiten Buch geht der erste Dank an mein geliebtes Weib, das mich bestärkt und mir den nötigen Motivations-Schub verpasst hat. Dicken Dank an Klaus für Layout, Hinweise und Antreiberei. Danke an Christoph für Ideen und Ergänzungen. Danke an Andre und Mama für das Lektorat. Danke an Christopher für das Titelbild. Danke an Ecki für das herrliche Vorwort.

Danke an die rund 2000 Verrückten, die das erste Buch inzwischen gekauft haben. Und natürlich ein großes Dankeschön an die Leser, die tagtäglich ins Neustadt-Geflüster hereinschauen.

Danke auch an

NEU STADT

Bautzner 6 Dresden

eat-the-world.com
CULTURE & FOOD TOUR

CLAUDIA SEIDEL
FIT TOGETHER

Büchers Best

Haase Media
WEBENTWICKLUNG // ONLINEMARKETING

Wohnzimmer
DRESDEN

KINO
KALENDER DRESDEN
www.kinokalender.com

seit 1831
KRONEN-APOTHEKE

LEBOWSKI BAR
Görlitzer Str. 5 - 01099 Dresden